はじめに

思いを分かち合える仲間を探したい。そして、少しでも私の家族が生きやすくなるために、一人でも多くの人に「発達障がい」と呼ばれる特別な個性を持った人がいるということを知ってほしい――。

私が、わが家のことをマンガで描こうと思ったのは、ひとえにこの思いからです。

わが家は私たち夫婦と、2男2女の6人家族です。そして、私を除く5人が、脳の発達に偏りがあるといわれている「発達障がい」という特性を持っています。

子どもたちは幼いときはもちろん、大人になった今でも、常識的には考えられないような失敗の日々を送っています。ふつうなら当たり前に知っている、あるいはできるであろうことが、私の家族にはとても難しいということが、多々あります。暗黙の了解というものが理解できなかったり、場の空気を読むのが苦手だったりします。五感は驚くほど過敏で、ときに生活に支障があるほどです。また、普段はおっとりしているのに、一度スイッチが入ると、こちらが面食らうような集中力を発揮することもあります。そんな、ふつうとは少し違った特性から、学校や職場では「気まぐれな怠け者」「わがままな気分屋」などと誤解されることもたびたびで、トラブルもたくさん起こりました。それは、そのまま私たち家族のストレスでもありました。

ただ、この問題は深刻になり過ぎてもなんの解決にもなりません。そこで、私の家族は「火星人」を自称することにしたのです。一般の人の感覚と、私の家族特有の感覚には、日本人と外国人以上に開きがあることから、そう自称することにしたのです。そして、ユーモア精神をもって、失敗を明るく楽しく乗り越えようと考えたのです。

また、その特性は人によってもバラバラなので、当事者同士だから共感できる点があるかと思えば、当事者同士だからこそ会話が成立しない、行動を共にできないなどのすれ違いも少なくありません。そこで、異なる特性を少しでも分かりやすくするために、わが家では、家族それぞれをキャラクター化することにしました。たとえば、普段は行動がとてつもなく遅いのに、好きなことを始めると止まらなくなる次男を「牛」に見立てて、「弟のことが理解できない」とこぼしていた長男たちに説明したのです。すると、互いの特性への理解が驚くほど深まり、家族間のトラブルも激減しました。マンガでも、わが家の火星人たちを、それぞれの特性を表す動物のキャラで描いています。また、マンガのなかで彼らは外出時、五感が敏感すぎるために生まれるストレスから身を守るために、透明なヘルメットを着用しています。

わが家は、火星人であることこそがアイデンティティです。そう宣言することで、ありのまま、アンバランスなまま、それでも堂々と胸を張って生きて行こうと思っています。そして、このマンガは、そんなうちの火星人たちが実際に巻き起こした失敗のエピソードを中心に描いています。この本を手に取っていただいた方には、難しいことは考えず、まずは、笑って読んでいただきたいと思います。

また、この本では「発達障がい」という単語を多用していません。なぜなら、環境さえ整えば、個性的な素晴らしい力を発揮できると考えているからです。その点を、あらかじめご了承ください。

また、各章の最後には、療育に関して私が実際に指導を受け、日ごろ、お世話になっている『さぽーとせんたーiから』所長で、言語聴覚士の前田智子さんに、専門家の立場からのコメントを寄せていただきました。わが家の取り組みとあわせて、参考にしていただければ幸いです。

作者

妻 ワッシーナ

私立幼稚園の職員・50歳

- 表情が読めないから皮肉・嫌みが通じない
- 感覚過敏で過集中気味
- 痛覚は鈍いが、感電には超過敏
- 身体の使い方が不器用で左右を間違える
- 頭の中の整理整とんが苦手
- 音に色・味・香り・触覚・人格を感じる

身体をうまく使えない

運動会の行進練習
手と足が同時
ピーッ
ワッシーナだけ ここに来なさい!
ギャハハ
アハハ
シャク
ギク
ひとりで もう一回やって
ふざけないで ちゃんとしなさい!
・・・・

子ども時代の妻ワッシーナのことを義母に聞いてみると、かなり風変わりなタイプだったようです。いつも怒ったような顔でじろじろ人を見たり、「肌着を買ってほしい」とねだられたときにも、ちゃんと用意してあげたのに「宇宙人のにおいがするから、イヤ」と駄々をこねたりしたそうです。

これをワッシーナに確認すると、まったく違う答えが返ってきます。

「お母さんから『ジロジロ見るな』とよく注意されたけど、それは相手の表情から気持ちとか言いたいことがわからないからなのよ。

肌着のときもそうよ。今にして思えば綿の肌着だったらだいじょうぶだったはずだけど、あのとき買ってもらったのはナイロンだったのよ。ナイロンはくさくて着心地も痛くて、鳥肌立つくらい気持ち悪かったの。そう、そうよ、宇宙人に侵略されるにおいなのよ、あれは。しかも、これから登校しようというその朝、いきなりだったのよ。あんまり苦しくて、目の前がまっ暗になったから、すぐ脱いで床にたたきつけたわよ。そしたら、お母さんにものすごく叱られて。『わがままだ』って無理に着せられて学校に行かされたの」

火星人の子ども時代は、感覚過敏ゆえの極端な言動に誤解を受ける日々が多いようです。「宇宙人のにおい」なども、火星人独特の感じ方から来る表現ですが、火星人の特性を知っていれば、この肌着のことも、事前にいくつか素材をそろえて試してみたりするなど、注意深く関わっていくことができれば防ぐことのできるトラブルだったのでは、と思います。かわいそうなエピソードではありますが、火星人はかなり忘れっぽいので、そんな悲惨な親の誤解も、その日のうちにケロリと忘れてしまえる点が救いではあります。でも、似たような出来事が起こると、次々とフラッシュバックして、今、子ども時代の悪夢を体験しているかのように思いだしてしまうそうです。

ワッシーナは、運動にもある種の偏りがあります。好きなスポーツは、時間の経つのも忘れるほど熱中します。たとえば、あるときは12時間もテニスの壁打ちをやっていたことがあるそうです。

私たち夫婦の共通の趣味はテニスだったので、二人でよくラリーをしました。ワッシーナは、高校でテニス部だったとはとても思えないほど個性的なフォームで、沖縄県代表にも選ばれたことがある私が一歩も動けないような、信じられない角度のショットを連発したかと思えば、経験者ならばありえない凡ミスを繰り返すという、見ていて飽きないプレーヤーでした。今にして思えば、身体の使い方が極端に不器用で、動きがぎこちなくバラバラだったため、打球の行方がまるで予測できなかったのです。

ワッシーナが小学生だったころのエピソードに、その片鱗がうかがえます。

運動会が近づいたある日、ワッシーナの通う小学校では運動場で行進の練習が行われていました。

ところが、ワッシーナはどんなに頑張って練習しても、手と足が同時に出てしまうのです。クラスメイトには笑われ、先生からはふざけていると誤解され、強く注意されてしまいました。自分では、ちゃんとできているつもりのワッシーナは、なぜ先生から注意されているのか、みんなから笑われているのか、状況がまったく理解できません。要するに困り果てているのですが、そのようなときワッシーナは身体がますます固まってしまい、無表情になります。そんなワッシーナは一見ふきげんそうに見えますから、先生からは頑《かたくな》に従わない、わがままな子のように見えてしまうのでしょう。

発達凸凹なわが家の火星人には、ワッシーナのように身体の使い方が極端に不器用な者が何人かいます。子どもの特性を事前に先生に伝えることで理解をしていただき、問題が起こっても粘り強く話し合うことで子どものストレスを減らしたいものです。

痛みには超鈍感

小3の時のワッジーナは
とび箱が苦手
3
2
毎日の訓練で
なんと8段クリア!!
8
7
6
5
30年後 病院にて
手首がイタインです
小さい時に
脱臼《だっきゅう》してるね
あ!
小学生のときの…

10年ほど前のことです。妻ワッシーナが腱鞘炎《けんしょうえん》になりました。治療のため訪れた整形外科でエックス線写真を撮ったところ、古い脱臼《だっきゅう》の痕が見つかりました。お医者さんは不思議そうに、こう言ったそうです。

「30年くらい前に両手を脱臼していますね。痛くなかったんですか？　しかも治療した痕がないので、自然に治ったみたいです。一体何をしてこうなったのですか？」

ワッシーナがけんめいに30年前の記憶をたぐったところ、小三の頃は身体が小さい方で、跳び箱が大の苦手だったことを思いだしました。クラスに跳び箱が得意で面倒見のいい女の子がいて、つきっきりで教えてくれたそうです。放課後、毎日3時間も練習。すっかり跳び箱にはまったワッシーナは、さらにその後、夏休みにも毎日8時間も練習したといいます。その努力が実り、クラスで一番背が低く、3段までしか跳べなかったワッシーナが、いつしか、クラスで一番高い8段を跳べるようになりました。「運動の苦手な火星人タイプでも、見本を見せつつ手取り足取り教えてくれる人がいれば上達するのよ」とワッシーナは胸をはりますが、じつはこのとき、ワッシーナは練習のしすぎで、気づかないうちに脱臼していたのです。

また、火星人タイプは、身体をバランスよく動かすのが苦手な人もいて「手と足の動かし方をバラバラに教えるとうまくいくのでは」と、ワッシーナは言います。

たとえば自転車。子ども時代のワッシーナは、やはりうまく自転車に乗れませんでした。でも跳び箱のときと同じように教え上手な友だちがいて、最初は二人乗りをした友だちがハンドルを持ち、ワッシーナにペダルだけ使わせました。それがスムーズにできるようになると、今度はポジションを交換して、ワッシーナはハンドル操作だけを練習。このパート練習で、それぞれ十分上達したところで、自分一人でハンドル操作とペダルこぎを同時に練習し、ついに自転車に乗れるようになったというのです。

また彼女は、洗濯機などの家電を触るだけで感電するほど敏感な反面、痛みにはすごく鈍いうえに、忘れっぽいため、何度も不注意でケガをしました。

「子どものころ屋根裏で電線に触って感電したから、感電しやすい体質になってしまったと思ってたのよ。洗濯機を使うたびに家族のなかで一人だけ感電してたの。『ブー！』と頭の中で感電の音がするの。アイロンはもっとひどいのよ。そのうちどちらも壊れて、家族みんなが感電するようになったから、わたしの言ってることが嘘じゃないと証明されたのよ。でも、アイロンで火傷《やけど》したときは、頭では分かっているのに手は逆にアイロンを離さないどころか、押しつけてますます熱いの。気づくのに時間がかかるのよね。感電にはやたら敏感なのに、痛みにはとても鈍感なわけ」

本人の言葉だけ聞くと、ずいぶん変わった感覚のようです。

とはいえ、跳び箱で脱臼したワッシーナのケースを繰り返さないため、わが家ではルールを決めています。スポーツやゲームをやるときは、事前に時間や回数を決め、なぜ制限するのか理由をちゃんと説明してから行動するように心がけています。

でも、うちの家族は、好きなこと、得意なことをやり始めると、夢中になりルールを忘れる火星人。地球人のように「気をつける」だけでは、ストップできないことが多く、結果、不要なストレスを抱えがちです。なので、互いにこまめに確認し合い、もしやりすぎてしまったら「どうすれば、うまくできるだろう?」をテーマに、アイディアを出して、楽しみつつ話し合いを行っています。この「どうすれば、できるだろう」は私も受講したストレス・マネージメントのプログラムで、広く使われているキーワード。火星人は何度も繰り返し同じ失敗をするので、本人も家族も神経がまいってしまいがちです。そんなとき、否定的ニュアンスを含む「気をつけよう」とは違って、この「どうすれば、できるだろう」という声かけは、誰を責めることもなく、いっしょに良い方法を探そう、という前向きな意味をも持った、魔法の言葉なのです。

集団遊びでパニック

小学生のワッシーナは
こっち! こっち!
ウ〜〜ン
こっち こっち!
敵チーム
敵チームにパスミス
えい!!
ラッキ
え−
味方からおこられ
こっちって言ったさ! 何やってんの!!
ヘタクソ!!
泣いて にげた
うわ〜〜ん

妻ワッシーナは、1対1のコミュニケーションやスポーツは大丈夫なのですが、グループでの話し合いや団体競技が、ものすごく苦手です。

グループでの話し合いだと、会話の流れを読んで自分の意見を言うタイミングを計ることができないうえに、複数の人の声が大きな音量で耳に飛び込んできたり、周りの人の動きや外から差し込む光の動き、近くを通る車の騒音などが盛んに気を散らすのだそうです。まるで、レーザービームやステージライトが飛び交う大音量のコンサート会場でミーティングをしているような感じといいます。そんな環境では、話に集中できるはずがありません。

スポーツの場合は、会話での表情の読めなさや感覚過敏に加えて、身体の使い方のぎこちなさが加わるため、より一層やりにくさがあるようなのです。

このマンガで紹介したエピソードは、ワッシーナが小学生の頃のことです。

学校の体育の時間に、運動場でドッジボールをすることになりました。

ワッシーナは、どこからボールが飛んでくるのかわかりません。ボールを手にしたのに、味方にうまくパスをしたり、敵にボールを当てたりすることもできません。

「なぁにやってるんだぁ！」

味方チームのリーダーが、吠えるように怒鳴りました。すごく恐い顔でにらんでいます。味方チームのみんなも、文句を言っています。仲間からのブーイングのなかで、ワッシーナは、どうしていいのかわからず固まってしまいました。

周りの子どもたちから見ると、自分がミスをしたのに謝りもしないで、怒って悔しくて泣き出した、とてもわがままな子に見えたことでしょう。でもじつは、そのときのワッシーナは困り果てていたのです。でもこれは、気が小さいとか性格の問題ではなく、自分の置かれた状況をうまく説明することができないからです。

（なんで、いつもこうなるんだろう？）

ワッシーナ自身、自分のふるまいに戸惑っていたのです。

今はもう4人の子の母となって、いろいろなことを経験し、あの頃の行動や思いを受けとめて、きちんと伝えることができます。

「頭ではこちらと感じているのに、身体は逆にボールを投げてしまうわけ」

ルールだって、じつは頭ではわかっているのです。ですが、頭と身体がスムーズに一連の動きをすることができないようなのです。そのため、自分で考えている通りに身体がうまく動いてくれないため、頭で考え、素早く味方と連係したプレーを求められる団体競技では、ミスを連発してしまうようです。

「テニスのように、いつも前面に対峙する相手とボールを打ち合うんじゃなくて、四方から投げられるボールを避《よ》けたり、キャッチしたりして、それをまた、別の方向に投げ返さないといけない、ドッジボールってそういうスポーツでしょう。だから、頭と身体がバラバラになりやすいのかも。そもそも火星人にドッジボールは、向かないみたいよ。資料をいろいろ読んでも、ドッジボールで困ったり、苦しい思いをした経験のある火星人タイプは多いみたいよ」

ワッシーナは、その頃を振り返って、そう言いました。またワッシーナは「よほど慣れたことでない限り、ちょっとした動作も、じつは頭のなかで言語化してからなの」とも。たとえば椅子から立ち上がりドアを開ける、というなんてことない日常の動きも、彼女の場合、いちいち頭のなかで動きを言葉に変えて身体に指示を出しているんだそうです。それを聞くと、ドッジボールがスムーズにできないのも頷《うなず》けます。

困りごとを上手に表現できずに苦しんだ子ども時代のワッシーナのように、これからも、生き難さを抱え込んだままの火星人の子どもたちに、少しでも寄り添っていきたいと思っています。

頭の中のショードー君と小人たち

妻ワッシーナは、一度やる気スイッチが入ると、なかなかブレーキがききません。あるときは、手作り餃子作りにはまってしまい、毎日100個も作っては、食べきれず腐らせてしまいました。その後は、エクササイズに熱中し、いきなりブリッジなんかしてしまうので、腰を痛めて寝込んでしまいました。

私の家族は特性を自覚するためにも、火星人を自称していますが、同じ火星人とはいえ、感覚の過敏度や行動の速さなどは千差万別です。そんななか、唯一共通していると感じるのが「ゼロ百」傾向です。ほどほどといった中間がまったくなくて、100パーセント全力を注ぐか、まったく見向きもしないゼロ状態の両極端なのです。

小さな子であれば、そんな態度もかわいく見えなくもないのですが、立派な成人がこの調子だと、周囲は振り回されている気分になって、火星人＝気まぐれのわがままとしか見えません。

でもこれは、決して二重人格でもわがままでもなく、うちの火星人の特性なのです。

妻ワッシーナがその理由を説明すると、うちの火星人たちの頭のなかには『ショードー（衝動）君』がいて、勝手に身体を動かしてしまうので、いったん活動スイッチが入ってしまうと、それを止めたり、方向を変えたりすることがとても苦しい、といいます。それはまるで、走っている車を素手で止めるくらい大変だそうです。だから、いったんスイッチが入ってしまうと餃子100個を毎日、作ってしまうのです。

ワッシーナ、長女ニャーイ、次女リスミーは、頭の中のショードー君を自覚していますが、長男ウルフーや次男ウッシーヤはその認識がありません。ワッシーナの分析によると、これは特性の個人差ではなく、気づいているかいないかの差だといいます。

ところで、わが家では買い置きしてあったはずのお菓子や裁縫用具、文房具などが、なぜだかよく消えてしまいます。また、洗濯に出した洋服が、いつまで経っても手許に戻ってこなかったり、靴下が左右が揃わないことも多々あります。本当のところは、火星人特有の忘れっぽさが原因ですが、あまりにも毎日起こるので、ショードー君とは別な、よく物をかくす小人の仕業ということにしています。「時間が経てば小人が返してくれるときもあるさ」という解釈をするわけです。そう考えたほうがストレスがないですから。

また、わが家では「言ったよぉ」「聞いてないなぁ」「やってないだろ?」「やったはずよ」といった、軽い水掛け論が巻き起こることが日常茶飯事です。

要するに、これまた忘れっぽい特性が原因なのですが、これも怒りをぶつけあったままだと気分が悪いので「頭の中にも小人が出たねぇ」ということで、円満に（？）解決しています。家庭内に小人がいると、多少の家族間のトラブルは、笑えるようになりますから「うちは失敗が多いなぁ」というご家庭では、ぜひお試しあれ、です。

ショードー君や小人も家族の想像上の産物ですが、さらに私がイメージするのが、火星人の脳は、レーシングカーのようなものだということです。エンジンがかかると、驚くほど高速でビュンビュン走りまわります。それが本人の生きがいでもあるのですが、ずっと走り続けることは、レーシングカーでも無理です。火星人たちも、健康のためときどきピットインして、しっかり休まないといけません。なぜなら、寝不足になっただけで、この世の終わりとでもいうような状態になりますから。ゼロ百タイプの特性を、何もせずそのまま放置しておくと、オーバーワークで身体を壊してしまう可能性があります。それを防ぐためにも、本人や周囲が、よく特性を理解して支えてあげる必要があります。

具体的には、早寝早起きのサイクルを守り、本人がタイマーを駆使するなり、家族の誰かがタイマーの代わりを務めることで、日常的に休息をこまめに取る習慣を持つことが大切だと思います。

極端な感情表現

ただいま…
つかれた…
おかえり
今日の弁当どーだった？
えーっと…おいしかったよ
パカ
ほんとォ？
どのくらい？
え？
どういえばわかるカナ？
どんだけ？ねーどのくらい？
バタ
ねー
おしえてよ～
バタ
やれやれ
体調が良いときにやるよ。
これくらいやらないとわからん
おいし～
バタ
バタ

表情や動作で人の気持ちを読み取るのが苦手な火星人の妻ワッシーナは、かつては口ぐせのように私のことを「なにを考えているのか、わからない」と言っていました。平均的な日本人男性の喜怒哀楽の表現ができていると自負している私は、そんなふうに言われても、急に外国人のようなオーバーアクションで話せるようなセンスがあるわけもなく、どうしていいか分からず困っていました。

そんなときワッシーナから、このような提案がありました。

「あのさ、お願いがあるんだけど。『嬉しい』『悲しい』『怒ってる』っていうカードを作ってさ、私が『今どんな気持ち？』って聞いたら、『悲しい』とか『怒ってる』というカードを上げてくれない？」

家庭内で、まるでテレビのクイズ番組の回答者みたいなことをやってほしいと真剣に頼んでくるのです。その頃は、うちの家族が火星人だとは知らなかったので「俺をバカにしてるのか？」と返した覚えがあります。なんでそんなことをしなければいけないのか、まるで理解できなかったのです。

そんな言葉を返されてもワッシーナは、ニコニコ笑っているばかりなので、ますます理解に苦しみましたが、今にして思えば「本気でお願いしたのに、また誤解された、どうしよう」と戸惑う気持ちでいっぱいだったようです。人の気持ちを読み取るのが不器用な火星人は、自分の気持ちを表現するのも苦手なんです。

うちの家族が、発達が気になる火星人だと気づいてからは、自分自身の感情など目に見えにくいものは、数字などを使ってなるべく具体的に伝えるように工夫してきました。たとえば「今は元気メーターがゼロくらい疲れている」といった具合です。おかげで「なにを考えているのか、わからない」とか「カード作って」とは言われなくなったのでホッとしています。

わが家の火星人たちには、日常生活のなかで、いまでもオーバーな身振りを交えて説明しないと、こちらの真意が伝わらない場合があります。特に、喜怒哀楽の感情面ほど、その傾向が強まります。

ある日、ワッシーナは自作した弁当の出来栄えが気になったようで、私が家に着くなり、感想を聞いてきました。

「あのさ、ブログ見たんだけど、弁当おいしかったの？」

たしかに私は、その日のブログに弁当の画像をアップして「おいしかった」という感想を添えていました。それで、改めて「おいしかったよ」と、本人に言葉で伝えましたが、あいにく仕事帰りのげっそり疲れた顔だったので、ワッシーナはピンときません。彼女は、「ぜんぜんわからないよ。こんなふうに喜んで」と、その場に自ら倒れて、子どものように手足をバタバタして見せました。

本人はいたって本気で、決してふざけたり、おどけたりしているわけではありません。私は、一瞬、同じようにやってみせようかとも思いましたが、無理して調子を合わせたりせず「体調のいいときにやるよ」と、その場をかわしました。

火星人タイプの私の家族は、大人になってもコミュニケーションの幼児性が抜けないので、かわいい反面わずらわしいときもあります。テンションも、興奮気味に高いか、この世の終わりみたいに低いかのどちらかで、ほどほどとか、終始穏やかということはほとんどありません。

毎日、演劇を楽しむようにコミュニケーションをはかればいいのですが、一般的な感覚の持ち主である地球人の私は、年中テンションをあげて暮らすわけにもいかず、ほどほどにつきあっています。

見えるところに吊るす

ウッシーヤはお気に入りを吊るす
カチン
いてっ
ワッシーナも メモを やたらと 吊るす
うーん
おまけに いろいろ はる
カレンダー12
スケジュール
習性か！
ポン
ほんとに親子だねエ

次男ウッシーヤはきらきら光る小物が好きで、よく紐《ひも》で吊るして飾ります。自分の部屋だけなら特に問題はないのですが、みんなで使う居間や廊下などにも吊るすので、夜など明かりを点《つ》ける前にふいに頭にぶつかったりすると、痛いわけではないのですが、つい驚いてしまいます。

これを見た長女ニャーイが「（ワッシーナとウッシーヤは）親子だからやることが似ているね」と、私に感想を漏らしました。私もふざけて「なんでもぶら下げるのは火星人の習性かも」とおどけました。

でも、この吊るすという行動は、忘れっぽい火星人タイプの多いわが家では、物忘れ防止に役立っています。また、好きなものがいつでも目に入る位置にあることで心がリラックスできる効果があるようです。ウッシーヤが小物をぶら下げることも、振り子のように揺れる小物が光を反射して、光る具合が変化するので、それを楽しんでいるのでしょう。大人の私の目には一見、無意味に見える行為ですが、本人にとっては実に大きな意味があることなのです。

とはいえ、公共の場ではマナーとしてやるべきではないことはちゃんと教えていきたいと思います。

ワッシーナは、自分のデスクの前にあるレースのカーテンに仕事のメモを留めています。いつでも目に入ることで、やるべき仕事を見逃さない、見落とさないようにしている工夫です。逆に言うと、目に入らないものはすぐに忘れてしまうのです。

また全員のスケジュールを大きな紙に書いて張り出すことも行っています。これは、忘れっぽい者同士が約束を忘れて言い争いにならないための工夫です。企業のオフィスに行くと、大きなホワイトボードに予定が書かれていますが、あれと同じ要領です。

このスケジュール表は、縦書き横書き、三ヶ月用、家族全員一覧タイプなどパソコンでいろいろな表組みをオリジナルで作成したりして試してみましたが、結局今は市販の一般的なカレンダーを使っています。いろいろな表組みを作るのは私の仕事で、注文を出すのはワッシーナの役目。いろいろ試すことは一見ムダに感じますが、本人たちがストレスを感じず一番快適な環境を整えるために必要なプロセスだと思います。私も少々、面倒だと感じつつも、みんなの普段の生き苦しさを思うと、やはり必要なこと、と思い直しています。

また、「やるべきことボード」も3人が使っています。これは、ハサミで切って使えるマグネット式のシートにやるべきことを書いて、A4サイズくらいの小振りのホワイトボードに張って使います。マグネット式シートは、裏表が色違いの、両面が使えるタイプがいいです。

　使い方は、たとえばワッシーナの場合、表が赤で裏が白のシートの赤い面に「晩ご飯の支度」と書いてボードに張り、目につくところに置いておきます。このやるべきことがきちんとできたら、シートをひっくり返します。するとシートの色が赤から白に変わり、そこには「できた！」と書かれています。これは「できた！」という成功体験をたくさん目に入れることで、ますますやる気を引き出すしくみなのです。

　このボードは、ワッシーナがいろいろな資料を読んで、自分でアレンジして作ったもの。もう何年も使って、すっかりボロボロになっていますが、わが家ではいまも大事に使っています。

　また、うちの火星人たちは整理整とんも苦手なので、物の定位置を決め、置き場所にラベルを貼るなどの工夫もしています。

　いずれも、うちの火星人たちが家の中で快適かつ、トラブルなく過ごすための工夫です。これからも年齢や環境の変化に合わせて、楽しみつつ取り組めたらと思っています。

ぶつかる原因をなくす

水筒に麦茶入れてると
バタバタ
あー いそがしいー
ああ!!
ワッシーナが ぶつかってくる
あ〜あ びしょびしょ…
あのね…
よけてね
その前に ごめんだろ…
火星人は ちがうのよ

妻ワッシーナは、よくぶつかる人です。車を運転しているときは、ボディを自宅車庫の壁によくこすっていました。家の中でも私とすれちがいざまにぶつかったり、こちらが寝ているときなどは、よく足を踏まれたりしました。日中は、目が覚めているので、私も注意してかわすこともできますが、寝ているときは不意打ちなので、さすがに頭にきます。でも「わざとじゃないのよ、ごめん」と謝られると、こちらも怒りを収めるしかありません。

ある日の夜中、仕事で疲れた私が先に寝ていると、後からワッシーナが寝室に入って来る気配がしました。私の寝ている布団に近づくと、足でまさぐっている雰囲気が伝わってきました。

(これだけ慎重に歩いているから今日は踏まれないだろう)

私は半分寝ながらもそう思いました。

ところが、ワッシーナは今回もまるで私の足を狙いすましたように、真上から踏んづけたのです。

「今のは、絶対わざとだ!」

さすがに呆《あき》れた私はすぐに飛び起き、ワッシーナを指差してこう訴えました。もしわざと踏んづけたとしたら、私の訴えに彼女は笑いだすかも、と思っていましたが、今回もワッシーナは何度も真剣に謝るので、私としてはぜんぜん納得できませんが、ひとまず許すことにしました。

それから数日後の、慌ただしい朝の支度中のことです。私が冷蔵庫で冷やした麦茶を水筒に移し替えていると、ワッシーナが後ろからぶつかってきて中身がこぼれ、服を濡らしてしまいました。ところがワッシーナは、詫《わ》びるどころか、私のほうに避けることを要求してきました。火星人同士だとおたがいに避けることができるのだというのが彼女の主張なのです。これは彼女のわがままではなく、火星人の特性を知っている私を信頼するあまり、つい謝るという行為を飛び越して、避けることを要求したというわけなのです。

わが家の火星人たちは、おおむね距離感や立体感をつかむのが苦手で、よく人や物とぶつかるのです。それもときどきではなく、ほぼ毎日、まるで約束のようにぶつかってきます。

これは、脳の「空間認知力」の問題だと言われているようです。要するに、性格の問題ではなく、脳と身体の協調運動のかねあいだそうです。

もちろん私は、そのようなワッシーナの言い分を十分理解しているのですが、それでもぶつかったら謝るべきというマナーを主張しているわけです。マンガでは描いていませんが、ワッシーナは後できちんと謝ってくれました。でも、このよくぶつかるという特性を改善する方法は、いまのところ見当たりません。

また、家族が火星人であることに気づいたわが家では「家はシェルター」だと考えているので、ワッシーナも子どもたちもすごくリラックスしています。そのため、最近はますますぶつかることが多くなってきました。

そのため私は、朝、水筒を用意するのを止めて、前の日の晩に準備しています。また夜はなるべくワッシーナより先に寝ないように心がけ、もし先に寝るようなときには、足を抱えて寝ることにしています。

うちの火星人たちは、できることとできないことがはっきりしているので、「どうすればできるかな」と一緒に考えることが大切ですが、どうしてもできないことが必ず出てきます。その場合は、よく話し合っておたがいのストレスが少ないほうを選び、地球人側と火星人側がたがいに譲歩しています。

おみやげを渡す練習

おみやげ わたす練習していい？
上司役やってね
いいよ
これ、つまらないものですが…
キンチョーする…
ほんとに？
え？
いいのに持って帰って
じゃあ持って帰ります！
遠慮《えんりょ》だから!!
おいおい真にうけるな

妻ワッシーナが最初に就いた仕事は、事務職でした。細かな対応と事務管理が求められる業務内容だったので、明らかに彼女に向かない仕事ですが、その頃は自分の特性を理解できていなかったので、やむを得ないと思います。

当時、たまたまワッシーナの仕事ぶりを見る機会がありました。彼女は、ワープロに向かって機関銃のような勢いでキーボードを叩いていたのですが、よく見ると入力しながらすごい勢いで打ち直しています。私は傍らでその作業を見ながら（ゆっくり確実に打ったほうが結局速いのに）と感じていましたが、彼女は当時から、その特性ゆえになんでも速く作業してしまう、そういうタイプでした。また、その頃のワッシーナは、年中ひどい肌荒れに悩んでいましたが、この仕事を辞めたとたん嘘のように治りました。よほど、事務仕事にストレスを感じていたのでしょう。

その後、学習塾勤務を経て、接客業に就きました。ところが、その会社の上司がとても強面《こわもて》な男性で、あまり表情に変化のない方でした。なおかつ声もいつも大きくて、とても男性的なタイプだったのです。つまり、相手の表情から気持ちを読み取ることが不得手なワッシーナが、最も苦手なタイプの上司だったわけです。

この日、ワッシーナがおみやげを渡す相手が、まさにこの上司でした。

「おみやげを渡す練習をするから手伝ってくれない？」

ワッシーナに声をかけられ、その練習に付き合うことになりました。

ワッシーナや子どもたちが火星人であることに気づいてから、私たち夫婦は、必要に応じて、日常会話のロールプレイングを行っています。まるでコントのようですが、実際、テレビで漫才やコントを見ていると、とても参考になりますし、ボケ役の会話の外し方や、嚙《か》み合わないやり取りを見ていると、まるで火星人の物まねをしているかのように思うことも、たびたびあります。

最近も、お笑い番組を見ていて『うちの火星人』的だな、と感じるコントがありました。それは、同じ沖縄出身のスリムクラブのネタです。お葬式の受付でのシーンでした。受付役が「故人とはどういったご関係でしょうか？」と尋ねると、弔問客役が「街で一回見たことがあります」と答えます。驚いた受付役が「街で一回見た人の葬式に出席するのは非常識ですよ」と突っ込むと、「説明会みたいのあったんですか？」とボケるのです。

ワッシーナからも、似たような話を、よく聞かされていました。

「私と違い地球人タイプの妹は、常識をよく知っていたのよ。うちの母は、きっと私に内緒で、妹だけ〝常識の説明会〟に連れて行ったに違いないと思っていたの」

以下は、おみやげを渡す練習の模様です。私は、なるべくワッシーナを困らせるように、オーバー気味に遠慮する、という簡単な約束事だけを決めて始めました。

「これ、少しですが、みなさんでどうぞ」と、おみやげを差し出すワッシーナに、上司役の私が応えます。「気をつかわないでよ。こんなこと、しないでいいから」。すると、ワッシーナは「わかりました、じゃあ」と言って、おみやげを持ち帰ろうとしてしまいます。慌てた私は「これが、遠慮だから」と説明しました。

ワッシーナは、言葉を字義通りに受け取ることがあるので、遠慮や謙そん、社交辞令を本気にしてしまうのです。

この後は、上司の台詞をパターンを変えて何度かやり取りの練習をし、その日に備えました。練習のかいあって、後日ワッシーナから「おみやげを渡すのがスムーズにできたよ」という嬉しい報告がありました。

このようなロールプレイングは、子どもとも行っています。たとえば、新入学や新学期のクラス替えに伴う自己紹介など、初めての場面に弱い子どもたちそれぞれの特性に合わせて、夫婦で考え、工夫しながら行っています。

火星人サポートチーム

パーマをかけたワッラーナ
マジ?
くさっ!!
すれちがいざま
なぐられたみたいにくさいよ!!
腐ったポップコーンのにおいがする!!
しかも遠くから…
ひどい…
そんなにくさいの?!
ぜんぜんくさくないよ
においする?
ウソよ! くさいはずよ!!
やれやれ
だいじょうぶくさくないわよ
よかったあ…

感覚過敏な妻ワッシーナは、美容室が大の苦手です。店の前を行き交う車、ドライヤー、ハサミなどの騒音に加えて、髪の毛を洗ったり切られたりする感触がものすごく苦手で、まるで海でおぼれるように苦しい、といいます。あるとき、一大奮起して美容室へ行き、パーマをかけてきたワッシーナでしたが、日に日にいらだちを募らせていました。ワッシーナは、パーマ液のにおいも苦手で、何度も何度もシャンプーしては、においを消そうとしていました。にもかかわらず、同じように嗅覚過敏な子どもたちから苦情を言われ、ガッカリです。

遠くにいた長男ウルフーが、さらに遠ざかりながら一言。

「ううっ、くさっ！　腐ったポップコーンのにおいがする」

食事中に隣に座った次男ウッシーヤも、

「ひどいにおい。鼻が曲がる」

自分も風呂に入りたがらないのに、なかなか上から目線な言い分です。

極めつきは、次女リスミー。すれ違いざま直接髪の毛の匂いを嗅いで、

「あうっ、ひどい！　頭なぐられたみたいにくさい！　お母さん、パーマ屋さんに文句言ったほうがいいよ。今どき、こんなくさいパーマってないよ！」

子どもたちに、ここまで言われたワッシーナですが、心が傷つく以前に、じつは本人もくさくて、苦しいのです。

「寝ても起きても仕事中も髪がくさくて、たえられないよぉ。ちょっと嗅いでみて」

どれどれ、と私はワッシーナの髪を手に取ってくんくんにおいを嗅いでみました。

「ぜんぜんくさくないよぉ」

嘘ではありません。私の脳内のにおいセンサーの成分分析ではシャンプー9、パーマ液1の配合具合。つまりパーマ液のにおいは、ほのかにしか感じません。ところが私の感覚を火星人ワッシーナは、なかなか信じてくれません。彼女に限らず、わが家で私の五感は「超鈍感な役立たず」という不名誉なレッテルを長年貼られています。

火星人たちが超感覚過敏で、私はいたって一般的な感じ方のはず。でも、いかんせん多勢に無勢、私の感じ方はまったく受け入れてもらえないのがわが家の日常です。

正直に「くさくない」と伝えたのに信じてもらえず、それなら初めから聞かなければいいのにとも思うのですが、本人はとにかくくさくてどうにもならないようです。

(我慢に我慢を重ねてパーマをかけたのに、こんなにくさいなんて)

そう思い、落ち込んでいる彼女に、一般的、かつ客観的事実を伝えようとする私の努力は、まったく相手にされず。もう面倒くさいので放っておきました。

数日後、ワッシーナは、ママ友との集まりがあり、そこで数人のママ友に髪の匂いを嗅いでもらっていました。ママ友たちは異口同音に「くさくないよ。大丈夫だよ」と励ますように言ってくれました。それを聞いたワッシーナは、嬉しそうに「よかった、よかった」と連呼しました。

このママ友たちには、日ごろからワッシーナとうちの子どもたちの感覚過敏を伝えていたので、火星人の特性をよく理解してくれています。なので、ワッシーナは、このママ友たちを「火星人サポートチーム」と密かに呼んでいました。ご本人たちのなかには、そんなふうに呼ばれていることを知らない方もいるのですが、いつもフォローしてくれる親しい友への、ワッシーナの親愛を込めた呼び方なのです。

今回も火星人サポートチームは、ワッシーナの言い分を聞いて（おかしい、感覚過敏かも）と思ったようで、はっきり「くさくない！」と断言し、励ましてくれました。

普段から、できることやできないこと、苦手なことや得意なことなどを、しっかり友人や同僚たちに伝えておくと、いざというときや困ったときにはきっと、良きサポーターになってくれるはずです。

音に色、味、形、手触り、人格を感じる

うちの火星人たちは、文字や数字に色を感じたり、音に色、味、香り、手触りなどを感じたり、果てはイメージや人格まで感じたりする者もいます。だから特定の色や音に対して、ものすごい反応を見せるのです。この症状は、「共感覚」と呼ばれているようですが、この本の主題である「発達障がい」のなかの、あるタイプには比較的に多い特性と言われるものの、一般的には分けて考えられているようです。

わが家の火星人たちには全員「共感覚」がありますが、なかでも妻ワッシーナは、最も強烈な共感覚の持ち主です。たとえば、ワッシーナは扇風機が大の苦手。あの「ブーン」という風切り音とモーター音を、ものすごく嫌います。

「扇風機にスイッチを入れると、土偶がぞろぞろ出てきてわたしの周りを走って、じろじろ嫌な目つきで見るのよ。もう、気持ち悪いでしょ」

新婚当初、風呂上がりなどに私がうっかり扇風機のスイッチを入れると「ヤメテー！」と叫んで耳をふさぐことがありました。このように、特定の音や色や形、手触りに対する独特の感じ方がストレスになり、ときにパニックに繋《つな》がりかねないことが、彼女たちにとっては大問題なのです。私は、うちの火星人たちの生きづらさを長い間理解せず、本当に申し訳なかったと今では深く反省しています。今は、ワッシーナの前では扇風機を使わないように、心がけています。

その後、ワッシーナはこの特性に「共感覚」という名前が付いていることを、偶然見たテレビ番組で初めて知り、号泣したといいます。誰にも理解してもらえず自分だけの特異な感覚だと思っていた特性にはきちんと名称があって、研究もされていて、なにより、自分以外にこの感覚を持つ人間がいることを知って「私も本当に生きていていいんだ」と思ったといいます。それまでは、この不思議な自分自身の感覚のことを、私も含めた周囲に、決してバレないようひた隠しにしていたのだそうです。

「結婚してからも、ずっと言えなかった。だって、子どものころからずっと、自分の感じ方の話をすると『頭がおかしい』とか『変だ』とか言われ続けていたから。もし、あなたに知られたら、もう生きていけないと思っていたのよ」

ワッシーナが初めて、私に自分の共感覚を表現したのは、ある言葉に感動して、我を忘れてしまったときのことでした。

「山奥の水の澄んだ湖の底から、立体化した文字が、湖面にザバーンって姿を現すの。文字は、どんどん浮上して、水しぶきがザザザーッて、あがるわけ。それから、ぐんぐん目の前に迫ってきて、ババーンってそびえ立つのよ。わかる？」

言葉から受けとった映像的なメッセージを、そのまま鮮明に私に語るワッシーナ。それを聞いて、私は、あっけに取られていたのでしょう。ワッシーナは、私の顔を見て「しまった！」という顔をして口をふさぎました。でも、当の私は、彼女の心配をよそに、心から感動していたのです。そのような独特な表現をワッシーナから聞くのは初めてのことでした。するとワッシーナは、また驚きの表情を浮かべます。

「『バカじゃないの？　言っている意味が分からん』って、頭ごなしに否定されると思い込んでいたのよ。それが、フツーに驚いて『すごいなー！』とか言うから、こっちが逆にびっくりよ」

当時は、私もワッシーナも共感覚の知識は皆無でした。ですから、彼女のリアルな描写に対して「すごい想像力だ⁉」と、表現者として嫉妬すら感じました。まさか本当に見えて、聞こえて、触れて、匂いや味まで感じていたなんて、想像もできませんでした。

ワッシーナは、この日の出来事をきっかけにして、私に自分が感じている共感覚のイメージを、どんどん口に出せるようになっていきました。

ワッシーナのような人の場合

行進の練習で右手と右足が同時に前に出てしまい、先生に怒られてしまうワッシーナさん（6ページ）。私が働く支援センターに相談に来る人にも、同じような特性を持った人が少なからずいます。このような人は自分のボディイメージ、身体の動きや大きさをきちんと把握することが苦手なようです。「ストレッチをしましょう」と手本を示し「同じようにやってみて」と促しても、どうにも上手くできなかったり。そんなときに有効な方法の一つが、動きの一つ一つに言葉を添えてあげるやり方。たとえば肩のストレッチなら「最初は右手を左肩の上に乗せてください、次に左手で右肘を体のほうに押し付けるようにして。ほら、右肩のまわりの筋が伸びて気持ちいいですね」という具合。そのほか、動きに音楽やリズムをつけてあげるとうまくできる人も。同じような特性でも、解決方法は人それぞれ。その人にあったやり方を焦らず探しましょう。

次に、おみやげを上司に渡す練習をするワッシーナさん（34ページ）について。とくに自閉症傾向の強い人には、言葉の裏側にある本音を、態度や表情から読み取ることが苦手な人も少なくありません。マンガのような練習方法は、ご本人にとって分かりやすく、安心感が得られるものだと思います。支援センターに通っている人にも、相手の表情を読むのが苦手な人がいます。彼は唐突に話し出して相手を驚かせたり、一方的に話して嫌がられたり、友だちが欲しいのにうまくいかず、悩んでいました。そんなとき、彼のお母さんが「〝今、僕と話せますか？〟と相手に了解を得てから話したらどう？」と提案され、実行したところ、トラブルは減ったそうです。このように具体的にご本人ができそうな工夫を一緒に考えることは大切。その試みが少しでも上手にできていたら、私たちは「今の、よかったですよ」と肯定的な感想を伝えます。すぐに表情を読み取れるようになるのは難しくても、まずは形からでOK。成功体験を重ねることで、少しずつ自信が芽生えていくはずです。

解説／前田智子
（言語聴覚士・『さぽーとせんたーｉから』所長）

いつも、ぶっ飛んだ言動で周囲を驚きと笑いの渦に巻き込むワッシーナ。失敗のたび、この世の終わりみたいに落ち込むくせに、私が励ましの声をかけたら、言い終わる前に堂々と開き直ってる。その切り替えの速さ、サイコーです。

長女　ニャーイ

翻訳・通訳、バイリンガル司会、
ナレーター、英会話指導、イラストレーター・30歳

- 話すのも行動もゆっくり
- 過集中気味、時間の感覚がない
- 表情や場の空気を読むのが大の苦手
- 感覚、痛覚が人一倍過敏
- 忘れ物を超人的に連発する
- 好きな場所はグーグルマップ的に記憶

いつまでも手を洗う子

幼いころのニャーイは
いつまでも手をあらう
!!
ニャーイちゃん いつまで やってるの
ふりむくニャーイ
まあだ?
ずうら〜

長女ニャーイは、わが家でもトップクラスの、のんびり屋さんです。しゃべるのも行動もゆっくりで、約束に遅れそうでも慌てているようには見えません。本人は、めいっぱい急いでいるつもりですが、はた目にはゆったり優雅に動いているようにしか映りません。そんなニャーイが、小学校一年生のときのエピソードです。

担任の先生から「ニャーイちゃんは、いつまでもず〜っと手を洗っているので後ろに長い行列ができるんですよ。そばに行って肩をとんとんして声をかけると、はっと気づいてくれますけど」と言われました。

ニャーイが保育園に通っていたころにも、保育士さんから同じようなことを言われていたことを思いだしました。確かにこの子は、周囲から浮いてしまうほどボーッとしたところがありました。成長とともにその傾向は薄くなり、アメリカ留学から帰国後は、活発になった時期もあったのですが、火星人であることに気づいてからは、また元通りのまったりニャーイに戻ってきたので、親としては懐かしく、どこか嬉しくもある反面、ペースを合わせるのに一苦労だったりします。

でも、なぜニャーイは、これほどまでに手洗いに時間がかかったのでしょうか。大人になったニャーイに、その頃の気持ちを聞いてみました。

「手を洗っていると、じいっと蛇口とそこから出て来る水を見ているうちに自分が水滴になってしまうの。

社会の教科書で〝水滴坊や〟みたいなキャタクターが登場して、浄水場とかダムとかを冒険しながら案内するのがあったんだけど、それを初めて見たときは、私が先に考えていたのにパクられたぁ、って思ったよ（笑）。

水滴になって、蛇口から中に入って行って、水道管の中を旅して、外国の水の都や、恐竜の国に行ってしまうわけ。そうなると時間がぜんぜん分からなくなってしまうのよ。幼稚園くらいのころは、おもちゃとか本とか何もなくても、自分の頭のなかでいろんなところに行って、はっと気づいたら、ずいぶん時間が経っていたこともあるし」

嬉しそうに話すニャーイを見ていて思い出したのですが、彼女は紙と鉛筆さえあれば、一日中絵を描いて遊んでいるような子でした。

家族で大阪から北海道に向けて、テント旅行をしているときも、キャンプ場で愛用のノートを広げて楽しそうに怪獣みたいなものが家で遊んでいる絵を描いていました。ずいぶんユニークな構図だなと思って「なに描いてるの？」と声をかけたら「カエルのおうち」と答えるのです。娘の目線を追ってみると、半分に切られた牛乳パックがポツンと一つあるだけ。不思議に思ってしばらく観察していると、パックの中から緑色の小さなカエルがひょっこり顔を出しました。牛乳パックをカエルの家に見立て、生き生きとしたカエルの姿を描くニャーイ……。彼女は、いつどこにいても脳内旅行ができるタイプなのです。一日中、ボーッとして過ごすなんて一見むだなように感じますが、この子にとっては心のエネルギーを充電する大切なひとときなのでしょう。

留学を終え、ニャーイは地元の私大に編入し教員免許を取得。かねての夢だった学校の先生になりました。でも私は、彼女の大学在学中から教員になることに反対していました。確かに教えるのはうまいし本人も好きでしたが、学校の先生は生徒やその保護者、同僚・上司と立場の違う人たちとの複雑で高度なコミュニケーションが求められます。管理能力も重要です。とても彼女に向いているとは思えなかったのです。

「お父さんは、私の夢を壊すつもり？」

ニャーイは、そう反論するので「もしかしたら社会に出たら性格が変わるのかも」と考え直しましたが、それは結局見込み違いでした。彼女は教員業務に熱中するあまり、好きな仕事が続けられなくなるほど心と身体の調子を崩してしまったのです。

時間の感覚がない

ニャーイは時間の感覚ガナイ
カタカタ
仮装パーティ用のいしょう作りよ
ねたら
何してんの？
翌朝
ありがとー
げっそり…
できたぁー
まだやってんだ
パーティで大はしゃぎ
ワー
キャー
レディーニャーイよ
結局ねこむ…
やれやれ
うーん

大学生だった長女ニャーイと、中学生だった次女リスミーが、仮装パーティに参加したときのことです。ニャーイは、リスミーのためのネイティブアメリカンの衣装と、自分が扮するレディー・ガガの衣装を、二日徹夜で準備していました。姉妹で仲良く大はしゃぎしていたのはいいのですが、無理がたたって結局寝込んでしまいました。

ニャーイは、好きなことを始めていったんスイッチが入ってしまうと、飲まず食わず、眠りもせずに作業をしてしまいます。夢中になってしまうと止めることが苦しいとのことで、親が休憩や寝ることをすすめてもなかなか実行できません。思春期以降の子どもは、行動範囲が広がるため、休日や深夜までも活動したりしますから注意が必要です。活動が活発だった次の週は、余分にしっかり休む必要がありますが、すごく忘れっぽいので、スケジュールのコントロールも難しいものがあります。

火星人であることに気づいた今は、話し合いのうえで「イベントの前後一日は休養日にあてる」と決めました。ニャーイもこのルールを守れるように、心がけています。

発達凸凹の火星人たちの過労防止のためには、ふだんから早寝早起きの習慣をルール化してしっかり守っていくことが大事です。これを怠ると、連鎖的に予定をいれてしまい、へとへとになってしまいます。ルール化するためには事前によく話し合って、本人もその大事さを認識する必要があります。

わが家では「ミーティング」と呼んでいる反省会を定期的に行って、早寝早起きなどルールが守られているか確認しています。

さて、就職後、心と身体を壊してしまったニャーイの話に戻ります。

念願の教職に就いたニャーイは、はりきって働いていました。毎日のように授業の準備などの仕事を持ち帰り、土日もフルに作業をしていました。あまりにも頑張りすぎているように見えたので何度も「仕事は持ち帰らないように」と助言しましたが、そんな言い方ではニャーイは止まりません。わずか数ヶ月で10キロ以上もやせてしまいました。

そんなある日。いつものようにたくさんの資料を持ち帰ったニャーイは、玄関で「ただいま」と言うなり、いびきをかいて寝てしまったのです。

また別の日。私が深夜トイレに立つと、暗い部屋のなかでニャーイがうずくまっているのを発見しました。声をかけると「疲れて眠れない」と言います。

私は、いよいよ危ないと判断し、嫌がるニャーイを説得して心療内科を受診しました。すると、診断名は「うつの中期」でした。ニャーイはもちろん、家族全員が衝撃を受けました。

同じ時期に次男ウッシーヤも、教育委員会の指導員から「発達障がいでは？」と資料を渡されつつ告知を受けたのです。いろいろ調べた私は、ニャーイも発達障がいであることが原因で社会不適合を起こし、二次障がいでうつを発症したのではないかと疑いました。

ところがニャーイは、発達障がいであることはおろか、うつであることも受け入れません。「私は普通になりたいの。病気でも障がい者でもない、疲れているだけ」と言い続けました。留学先のアメリカでは絵画で表彰もされ、音楽も語学もできる娘の目標が「普通になること」だったと知り、がく然としました。周囲の評価とは別に、本人の納得できる成功体験が、じつはとても少なかったのだと思い知らされました。

その後ニャーイは、一年半休職した後、退職。その間は、ほとんど外出もできず、トンネルの中にいるような長く暗い自分探しをしていました。その間に、私とワッシーナの「家族で絵本を描こう」というミッションに、嫌々ながらも参加し、その活動を通して少しずつ回復していきました。今は、英会話のトレーナー、バイリンガル司会、ナレーター、イラストレーター、バンドのキーボードの活動をしています。

空気を知る3秒ルール

発達が気になるうちの家族は、表情や雰囲気で場の空気を読むことが苦手なので、相手が不快になるほど、じっと顔を見ることがあります。これは緊張したときや、朝起きたときに多いようです。本人たちは無意識ですが、まるで人を物質のように観察している場合もあるといいます。

マンガに描いた長女ニャーイの行為は、まったく悪気はないものの、誤解されやすい失礼なことです。無意識にじっと見続けることは、客観性がとぼしいからしてしまうこと。なので「行儀が悪いからやめなさい」という指示だけでは、本人に伝わりません。うちの火星人たちは、具体的に言われないとピンとこないのです。

以前は「なんで人の顔をずっと見るの？　失礼だからやめなさい」と、ごくストレートに伝えていました。本人からは「そんなことしていない、見ていないよ」という答えが返ってきます。この答え方も火星人ならではなのですが、以前は（なんて見え透いたごまかしを言うのか、今度ビデオでも撮ろうか）と本気で思っていました。

火星人の特性を学んだ今だから分かるのですが、ニャーイ本人は、心の底から「そんなことしていない」と思っているのです。すなわち、自分がしていることを相手の目線から想像することができないのですね。

そこでわが家では、３秒ルールをつくりました。このルールは、用もないのに人の顔をじっと3秒以上見てはいけないことを教えるために設定したもの。マンガにあるように、時間をカウントした後、目線を外して何を見るかまで指示しています。何をするにも数量や場所をしっかり伝えないと、うまく伝わらない人たちなんですね。

このマンガは、私がエンピツで原案のスケッチを描き、線画の書き起こしと着色、台詞の書き込みなどの仕上げは、絵が得意なニャーイが行っています。もちろん、この３秒ルールのエピソードもニャーイが作画をしています。ところが、ニャーイは、新聞に掲載されたマンガを私が切り抜いて、スクラップにして改めて見せたときに、初めて、自分の立ち居振る舞いのアンバランスさに気づいたのです。

「あれぇ、ニャーイは、ふだんこんなことしてるんだぁ！」

このリアクションには、私の方が驚きました。というのも、このマンガのストーリーとニャーイ本人の特性は、とっくに説明済みだったからです。それなのにこの段階にならないと、理解しきれなかったのです。うちの火星人たちは、自分の言ったことや振る舞いを客観的に見ることが本当に苦手なんだと、改めて痛感しました。

「これまで描いてきたマンガのなかで、これが一番好き」

ニャーイは、自己発見につながったこの作品を最も気に入っています。『うちの火星人』は、発達が気になるわが家の特性とそれに対する取り組みを紹介したものですが、あくまで一般読者を対象として描かれたものです。でも、この作品を描いて発表させてもらうことで、一番の恩恵を得ているのは、じつは、私をふくめたうちの家族ではないだろうかと思っています。なぜなら、このマンガを読みながら、自然に自分たちの立ち居振る舞いを顧みて、今の生活に適用しているのですから。

また、マンガなどの絵のほかに、自分の振る舞いを客観視する方法として、お芝居をしたり、ビデオを撮ったりするのもいい方法だといいます。わが家ではマネキンを使ったりもしました。このマネキンは、たまたまいただいたデパートの売り場にあるタイプのものです。これを用いて、思春期を迎えた子どもたちに異性と話すほどよい距離とか、よくない仕草を教えると、人間同士でやるよりもすごくよく伝わりました。

たとえば、おしゃれに興味のあるニャーイは、相手の着ている服の色や素材を気に入ると、ところかまわずその服を触るくせがありましたが、私がマネキン相手にその振る舞いを真似たところ、すぐに理解できました。それまでは言葉ではまったく伝わらず「そんなことしていない」の一点張りだったのですけど。

人間グーグルマップ

ニャーイが迷子の父を案内
あのペンなら、青いひさしのお店よ！
店内も案内してもらう
フム
フム
ニャッ
右から2番目のキャビネットの……
棚の位置も指示され
フム
フム
上から4番目の棚の…
めざすペンを発見!!
あった！
いちばん左はじにあるよ！

地球人の私ですが、恥ずかしながら極度の方向音痴です。何十年も通い慣れた道でも、逆から来たり道路工事をしていたり、地形や建物が変わっていたりすると、とたんに方角がわからなくなります。

ところが、家族には私以外に方向音痴がいません。それどころか頭の中に立体的かつ映像的な地図が入っているのではないかと思われるような子がいますが、なかでも長女ニャーイは、その独特の能力がひときわ高いと思われます。

ある日、ニャーイから「いいペンがあるよ」と聞いた私は、さっそく一人で買いに行ったのはいいのですが、やはり途中から道がわからなくなってしまいました。そこで、方向感覚の鋭い情報提供者のニャーイに道案内してもらおうと思い立ちました。

私は路肩に車を寄せて、車外からニャーイに電話しました。

「お父さんのところからまっすぐ進んで信号二つ目の右側に、青い色のテントのひさしみたいなものが見えるでしょう？　それがお店よ」

ニャーイは、まるで同じ風景を見ているような視覚的な説明をしてくれるので、とてもわかりやすいのです。でも、たとえば私とニャーイが同じように家にいて、遠くにある目的地までの道案内の説明をしてもらうと、まるで目的地の風景を描写されているみたいで、さっぱり理解できません。これは、私がニャーイの頭の中にあるものと同じ風景を見ることができないので起こることです。

さて、ニャーイの誘導で目指す店の前に着いた私は、買おうとしていたペンの名前もメーカーも機能も知らないことに気がつきました。そのため、店員に聞くことすらできずに困り果て、またニャーイに電話しました。

するとまたもや、私の身体に取り付けたカメラからの映像を見ているみたいに、彼女は店内を誘導し、ピンポイントでペンのある棚のところに案内してくれたのでした。どうしてそんなことができるのかと聞くと、ニャーイは「頭の中に自然に映像が浮かんできて、その通りしゃべっているだけよ。その代わり、そういうことができるのは自分の好きなことや、関心のあることだけね」と言います。

ニャーイのその特性は幼いときからあって、助けてもらったことがありました。あれは、ニャーイが幼稚園児のころ、家族3人車でテント旅行に出かけた帰り道でのこと。東京の首都高速道路で迷子になってしまった私は、すっかり焦っていました。予約していたフェリーの時間に遅れそうだったからです。ワッシーナが体調不良で助手席でダウンしていたこともあって、私は一人途方に暮れていました。すると、ニャーイが「ここは、さっきも通ったよ。港はきっと向こうだよ」と道案内してくれたのです。まだ幼いので、道路標識が読めるはずもなく、きっと風景を記憶していたのでしょう。おかげで無事、港に到着しフェリー出港の時間にも間に合いました。あとで気づいたのですが、首都高では同じところをぐるぐる回っていたみたいです。

一方、妻ワッシーナと次女リスミーは、動画映像ではなく写真のように、見たものを画像として脳内に取り込めるといいます。好きな本の箇所や風景などを、パチリと撮影するように、記憶できるそうです。ただそれは、調子のいいときだけで、いつでもできるわけではないのだとか。

このようなエピソードだけを聞くと、便利な家族と思われるかもしれませんが、脳内に見たままの映像データを蓄積する火星人は、一方ではとてもオーバーワークしやすい脳の持ち主なのです。というのも、好きなことや興味のあることになると無意識のうちに脳のターボエンジンが全開になって、あっという間に容量オーバーになってしまうのですから。そのため、わが家でスケジュールや今後の計画などを話し合うときには、なるべく休むことを優先して予定を決めるようにしています。「いかに休みを取るか」ということが最大のテーマなのです。

普通にすることが苦手

せんたくは
ニャーイのしごと
ニャニャニャ〜
なんでしわくちゃなの
なんでオレが!!
ギャオゥ
Tシャツにアイロンすんだよ!!
シュン…

長女ニャーイは、洗濯して干して取り込み、畳むという一連の作業がすごく苦手です。この日も、取り込んだ洗濯物がしわくちゃ。超がつくほど几帳面な長男ウルフーは、しわくちゃなTシャツが我慢できなくて、怒りながらアイロンをかけました。子どもでも自然に身に付くはずの洗濯などの家事の手伝いを、もう立派な大人であるニャーイが失敗を連発するのですから、周囲の怒りはもっともなことです。

発達凸凹な私の家族は、できて当たり前のことを毎日継続してやっていくことが、なかなか身に付きません。これは学校や職場でとても誤解を受けやすい症状。でも強く叱ったりすると逆効果で、本人の焦りや緊張を増長し、ますますミスが増えてしまう悪循環となります。

主な原因は、極端な忘れっぽさと周囲の刺激に影響されやすいという特性にあるようです。ニャーイも洗濯の一連の流れのなかで、まだ作業の途中だということをすぐに忘れて他のことをしてしまいます。一番多いパターンは、洗濯しているのを忘れて外出し、帰宅後あわてて干したけど結局すべての服がしわくちゃ、となることです。

もちろん、これには悪意はないし、怠けているわけでもないと私は思っていますが、実際問題、洗濯が滞ると、結果として、家族みんなが困ることになります。

汚れた服がたまり、着られる服がいつも極端に少なくなるので、生乾きの服を着たり、左右バラバラな靴下を履いたりするはめになるのです。私自身も、若い同僚からは「左右色違いで、ずいぶんオシャレですね」なんてからかわれたりします。

対策としては、洗濯から乾燥まで一括してできる洗濯機を買えばいいのですが、当時のわが家の財政状況からは無理でした。なので、私はせめてちぐはぐなコーディネートにならないよう、靴下は全部黒にしました。

さらに、ニャーイのための個別ミーティングをやることを彼女に提案しました。しかし、ニャーイは猛反発しました。「オコチャマじゃないんだから、そんなのイヤだ。なんでそこまで束縛するの」という意見でした。私も、彼女の意思を尊重したかったのですが、それは地球人の場合です。「火星人としての自覚がある人はこういうミーティングは、ぜひやったほうがいいから、まずは試しで何回かやってみようよ」と粘り強く言い続け、最後は父親の権限で、とにかくやってみることにしたのです。

何回かミーティングを重ねた後のある日。ニャーイは「こんなにうまくいくなんて！　いままで生きてきたなかで最高にしあわせな感じ」と、嬉しい感想を伝えてきました。さらに「こんないいことを、ただミーティングって呼ぶのは味気ないよ。

『アン・シャーリー』って名前をつけようよ」と言うのです。

アン・シャーリーとは、有名なモンゴメリ作の『赤毛のアン』の主人公です。発達障がいの人たちの間では、アンも同じような特性があるのではないかという説が、広く知られています。物語の中で教職に就き、医師と結婚するアンこそが、火星人タイプの成功モデルと、私の家族は認識していたのです。

それ以来、私とニャーイは、毎週一回、日曜日の午後に『アン・シャーリー』を行っていました。洗濯や、買物、税金の支払い方、炊事や掃除の当番や、人と会う約束の確認などを、仕事のミーティングさながらに報告・連絡・相談をするのです。そのなかで、できないことは、どうしてできないのか、どうすればうまくやれるのか、と一緒に考えています。

火星人ならではの間違いや失敗をゼロにすることは、ほとんどの場合難しいようです。一般的な方法を火星人たちに強制すると、強いストレスとなり、体調を崩す原因になったりしますから、注意が必要です。できて当たり前のことができない子どもたちの特性をありのまま受け止め、ストレスなくできる環境を整え、周囲とうまくやっていく方法を、本人が見つける手伝いをすることが解決の近道だと思います。

色でわかる音階、味、形

ピアノをひくリスミー
ラ♪の音が変ね…
ねっ
そうね、色もグリーンっぽいし
どうしてわかるの？
ね♪
色でわかるのよね
ねえ

火星人を自称する私の家族は、私以外の全員が音に、色や味、匂い、形などを感じるタイプです。これは「共感覚」と呼ばれる症状のようですが、一般的に発達障がいとは分けて考えられているみたいです。

共感覚は、ヨーロッパで長く研究されていますが、日本ではまだまだこれからの分野のようです。発達障がいのある人に共感覚者が多いという専門家がいますが、因果関係はまだよくわからないようです。

私は、結婚からだいぶ時を経て、3番目の子どもの次女リスミーが物心つくころから、だんだんと家族の不思議な感覚に気がつくようになりましたが、自分にはまったくないものなので、理解するのが難しく、いまだにわからないことだらけです。

マンガのエピソードは、自宅でリスミーがピアノを弾いていると、調律の狂いを妻ワッシーナが指摘して、その理由を長女ニャーイが説明した場面です。彼女たちはズレた音を色でもきっちりと見分けることができるといいます。聴覚と視覚の両方で音が確認できるのだから、間違いがないと言いたいのです。

音に色が見えている火星人と、まったく見えない地球人の会話が成り立つはずもなく、私がいろいろ突っ込んで聞いても、なかなかつかみ所がないという感じです。たとえば、音に付いている色についてニャーイに聞くと「ピアノの鍵盤から色の付いた煙のようなものが立ち上がって、その煙に味や風景や人格を感じたりする」とのこと。肉眼で実際見えるようなものではなく、霊感でオーラが見えるというのでもなく、個性的な脳の働きで起こる症状のようです。

共感覚をごくおおざっぱに説明すると視覚・聴覚・触覚・味覚・嗅覚の五感に境界のない感覚があること。だからある刺激に対していくつかの感覚、あるいはすべての感覚が働くので、音に色や味や形を感じるのだといいます。この色や形のイメージには個人差もあって、うちの家族もそれぞれ違った表現をすることが多いのです。

たとえば、義母の作ってくれたお好み焼きをみんなでわいわい食べていたときのこと。その食卓にはニャーイがそろえた5種類のソースがあり、そのセレクトが絶妙だったので、そのことを私がうんと褒《ほ》めたのです。すると、

「味付けは基本的に色で分かるのよ。たとえば、今は緑色が足りないとか、黄色が多いな〜とかね。それは食材の色じゃなくて、味に色が付いてるの。最近おばあちゃんから味付けのバランスの取り方として、砂糖で中和させるという工夫を習ったんだけどね。ホントに砂糖を少し混ぜると、それでまた色が変わるよ」

こんな説明で、うちの火星人たちはとても納得したようで、強く頷いていましたが、私一人は「?」でした。ただ、ニャーイが幼いときから料理が上手だった理由が初めて分かった気がしました。彼女の個性豊かな料理とその味付けは、よほどしっかりしたイメージと訓練を伴わないと作れないと思っていましたが、「目で見て味が分かるなら料理の腕もいいはずだなぁ」と勝手に納得していました。さらに私は逆に、今食べているお好み焼きの味から、家族がどんな色や形をそれぞれ感じているのか、インタビューしようと思いつきました。感じ方を比較すれば、よりはっきり理解できる気がしたのです。

次男ウッシーヤ「丸くて、茶色い」

次女リスミー「色は分からないけど、形は三角」

長男ウルフーは、首をかしげながら「緑かな」

長女ニャーイ「四角いオレンジ。でも日によって違う」

最後に妻ワッシーナがみんなの感じ方をまとめてくれました。

「みんな味を立体的に感じていると思うよ。ただ色や形だけでは表しきれないの。小さい子ほど、言葉にするのは難しいんでしょうね」

火星人解説書

もうすぐニャーイの結婚式
フフッ
ナベこがし
シャツこがし
またやっちゃった
でもなぁ
失敗おおいし…
カタカタカタカタ…
やるぞ。
おつかれさま
嫁入り道具で
火星人解説書
マジだったのね

わが家には「火星人解説書」というものがあり、子どもたちが結婚したり、就職したりするときに持たせるようにしています。一般的には「サポートブック」と呼ばれるものをわが家流に言い換えたものです。これは、本人の特性をまとめたもので周囲の理解や本人の自己理解をうながす目的で作っています。

なぜ、火星人解説書という名前にしたかというと、わが家の場合は、家電やその他のマシンの類いに見立てて説明したほうが、当人がすんなり理解してくれるケースが多かったからです。

火星人解説書は、その子の状況や環境によって書き方を変えたいと考えています。作るにあたっていろいろな資料に目を通しましたが、結果として、どれも参考にしませんでした。よって、わが家の解説書は、サポートブックとして、かなり自己流です。

ニャーイに火星人解説書を作ろうとしたきっかけは、やはり結婚です。これまで2年間、私とニャーイはマンツーマンで、社会的自立を目的とした「療育」に取り組んできました。この2年間のやりとりをぜんぶ記録に取っておいたので、それを分析してニャーイの年間・月間・週間での課題とその対策をまとめて、嫁入り道具として持たせてあげれば、困ったとき、悩んだときのいいガイドラインとなるのでは、と思ったのです。

わが家の火星人たちは、すごく忘れっぽいので、自分の特性を知っているつもりでも、新しい環境で次々いろいろなことが起きてしまうと、せっかくこれまで家庭内でトレーニングしていたことも生かされないのでは、という心配もありました。

それに、ニャーイはわが家で行った療育の取り組みに、一番遅れて参加しました。本格的に始めたとき、彼女がすでに20代後半だったので、その後のわずか数年の取り組みで嫁に出すのは、療育期間としてはあまりにも短いという思いでした。そのため、父親との療育で足りなかったところは、夫婦で力を合わせて補ってほしかったのです。

「嫁入り道具としてニャーイに火星人解説書を持たせるよ」

こう、ニャーイと婚約者に伝えた時、二人はその場では何も言葉にしませんでしたが、後から聞いた話では、あまり本気にしていなかったとのことでした。

「ニャーイさんは、僕から見てなんの問題もない人ですよ」

婚約者は「なぜ解説書が必要なのか」と、不思議そうに言いました。うちの家族は、いわゆる発達障がいのグレーゾーンと呼ばれるところに当てはまるので、見た目はまったく地球人と一緒ですから、彼の見解も無理はありません。過去5年間交際して結婚するので、お互いの理解への自信もあるのでしょう。

「火星人は、見た目では分からないよ。一緒に仕事したり、家庭を持ったりしないと気付かないものなんだ。だから、火星人解説書をちゃんと作って渡したい。もし、無駄になれば、むしろ嬉しいけどね」

私はそういって笑いましたが、いざ作るとなるとなかなか大変で、ワッシーナのアドバイスやチェックを受けながら、結局一週間ほどかかってしまいました。

ニャーイの結婚式は、火星人らしいコミュニケーションミスの連続で、結構なドタバタ劇でしたが、なんとか無事終えました。

結婚式の数日後。少し落ち着いたところで、ニャーイに火星人解説書を手渡しました。ニャーイは、その内容よりも、本当に作ったということが驚きだったようです。

さらに後日。ニャーイに火星人解説書の感想を聞いてみました。

「結婚前は、そんなものいらないと思っていたけど、ニャーイのことをうまくまとめてあるし、絵もいっぱいあるから見ていて楽しいよ。それに客観的に書かれているから、他の人に見せてもすぐ分かってくれるので説明しやすいし。お義母さんに見せたけど、感心していたよ」

ニャーイのような人の場合

いつまでも手を洗い続けていたニャーイさん（50ページ）。このエピソードからでもニャーイさんの特性にはいくつか仮説が成り立ちます。まず考えられるのは、時間の感覚が掴《つか》みにくい特性。それから、どれぐらい洗ったらきれいになるのかがよく分からないということも。もし、そうであるなら、手を洗う時間を具体的な分数や、または「50数えるまで洗おうね」など、子どもにわかりやすく伝えましょう。大人が一緒に数えてあげると手洗いがより楽しくなるでしょう。別の可能性としては、注意が逸れやすい特性。窓の外を飛ぶ蝶々に目がいったり、遠くに聞こえた友だちの声につい耳を傾けてしまったりして、手元に注意が向かなくなるケースです。もし、あなたのお子さんがこのような特性を持っている場合は、注意が逸れにくい場所で手洗いをさせてあげましょう。「ちゃんと洗ってるね、えらいね」など、肯定的な感想をその場で投げかけるのもいい。また、手洗いの歌を子どもと一緒に作り、歌いながら洗うのもいい方法です。このように、複数の仮説が考えられますから、気になる行動が見られるときは、よく観察し、子どもに合った対応を考えていきましょう。

朝ごはんのとき、じっと平岡さんの顔を見つめ続けるニャーイさん（58ページ）。平岡家の3秒ルールの取り組みは、とても分かりやすい、いい方法だと思います。とくに、3秒経ったら柱を見る、と視線を置く場所をあらかじめ決めているのは、ご本人が次にどうしたらいいかが具体的に分かり安心できて、とてもいいと思います。うちの事業所でも就労のための面接練習をしていますが、面接官の目を見て話すことに強い抵抗を感じる人がいます。かといって、面接のあいだ、きょろきょろとよそ見をしていたら印象が悪くなります。そういう方に私どもは「面接官のネクタイを見て話すことはできますか？」「鼻はどうですか？」などいろいろと試してもらって、面接に差し障りのない範囲で、ご本人がいちばん安心できる視線の置き場所を一緒に探すようにしています。

解説／前田智子
（言語聴覚士・『さぽーとせんたーｉから』所長）

先生から「優秀な劣等生」と呼ばれたニャーイ。できることとできないことの落差が激しく、誤解もされたね。でも、本当のキミは優しくて、料理も絵も上手なしっかり者。いざというとき弟妹をうまくリードしてくれて、ありがとう。

長男 ウルフー

広告代理店勤務・23歳

- 感覚過敏で、驚くべき聴覚と嗅覚
- お気に入りの服を何度も着たがる
- 人一倍、強い正義感の持ち主
- 約束は絶対厳守
- 急な予定変更が苦手
- 忘れ物は絶対しないし、許さない

夜泣き攻撃にまいる

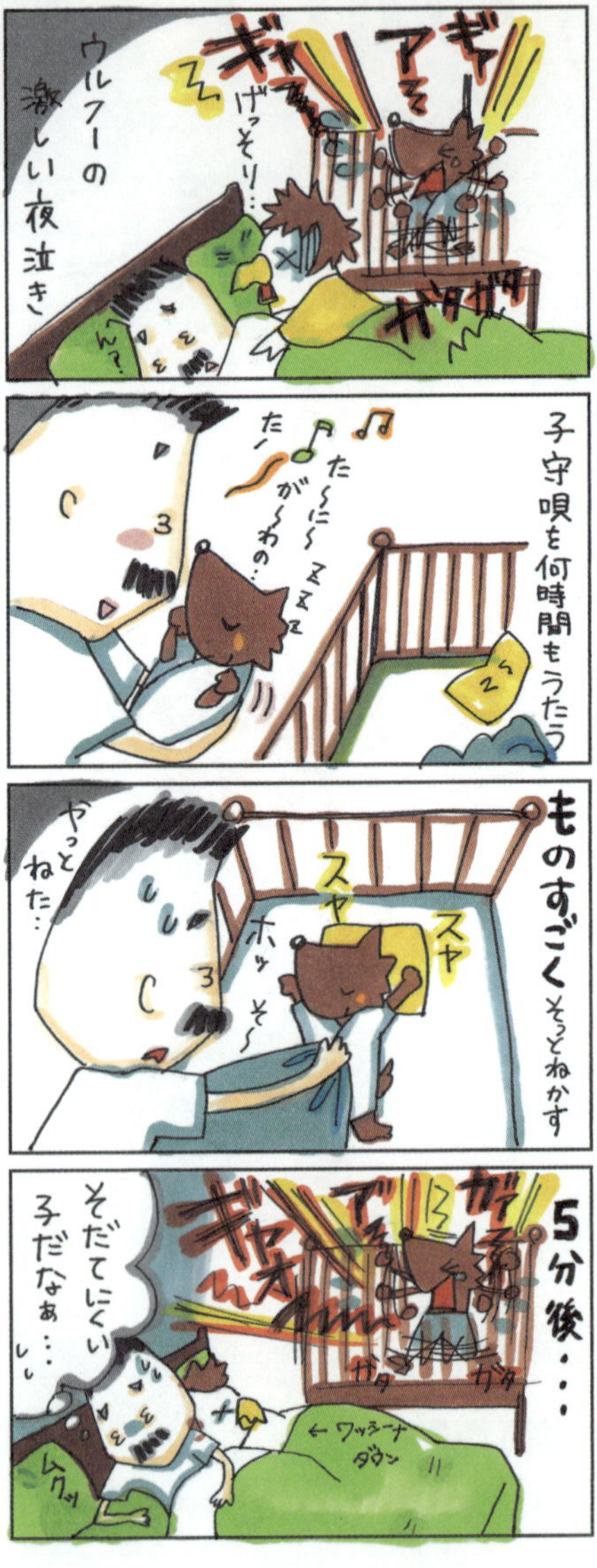

ウルフーの激しい夜泣き
ギャァァ
ギャァ
げっそり…
ガタガタ
んっ?
子守唄を何時間もうたう
た〜に〜 が〜わの…
た〜
ものすごくそっとねかす
スヤ
スヤ
ホッ
そ〜
やっと ねた…
5分後・・・
そだてにくい子だなぁ…
ガタ
ガタ
←ワッシーナ ダウン
ムクッ

長男ウルフーは、赤ちゃんの頃、夜泣きの激しい子で毎晩深夜まで泣きわめいていました。この日も、夜遅く妻ワッシーナが私を揺さぶって起こしました。

「お願い、もうへとへとだから代わって寝かしつけてちょうだい」

そう言うなり、倒れるように寝てしまいました。当時、ワッシーナは専業主婦でしたが、ウルフーがあまりにも手がかかるので10キロ以上も痩せてしまっていたのです。私も、母から同じことを言われていたので遺伝なのかもしれませんが。

ダウンしたワッシーナを横目に私がベッドを見ると、この間やっとつかまり立ちしたばかりのウルフーが、ジャンプしながら両手でベビーベッドの柵をつかんで激しく揺さぶって大声で泣いています。そのあまりの激しさに、父親なのに恐怖心すら感じましたが、とにかく起き上がって泣き叫ぶウルフーを抱き上げました。

ウルフーは、爽やかな晩秋だというのに汗まみれで、肌着が濡れていたので着替えさせておむつも替え、抱きあげ子守唄を歌いながら、私は家の中を歩き回りました。こうしないとなかなか寝付いてくれない子だったのです。

最初の1時間くらいは、歌った回数を数えたりする余裕もありましたが、なかなか寝付かず、しまいにはこちらの喉がかれてしまったので、子守唄はいつしか「ルルルル〜」というふうにスキャットになっていました。そして、やっと寝付いたので、ものすごくゆっくりとベッドに寝かしました。ここで気をつけないといけないのは、ベッドに寝かすギリギリまで肌をぴったりくっつけていないと目を覚ましてしまうのです。ベッドに寝かしてそっと離れるまで一瞬たりとも気が抜けません。

この一連の作業がやっと終わってホッとしたのも束の間、数分後にウルフーは、また泣きわめき激しくベッドを揺さぶって私を起こします。時計を見ると、寝かしつけてから5分と経っていません。隣で寝ているワッシーナをちらりと見ると、もはや疲れ果てて身動き一つしません。

今にして思えば、ウルフーは、感覚過敏であるため、日常生活の雑音や騒音に反応して、不満を訴えていたのでしょう。その当時、直感的になんとなくそれに気づいてからは、室内にはいつも穏やかな曲調の賛美歌を子守唄代わりに昼も夜も流すようにしていました。

今もその習慣は続いていて、家族が家にいる間は、必ずBGMを流しています。ワッシーナは、このように音楽を流して聴覚過敏対策をすることを「白色ノイズ」と呼んでいます。まるで火星人たちを透明なバリアで守っているようなイメージのある言葉で、好んで使っています。

この後、ウルフーは、早起きで朝のゴミ出しなど、決められたことはきっちり遅れることなくこなす正義感の強いタイプに成長しました。ルールも時間もなかなか守れない他のきょうだいたちとはとても対照的です。一方、大人しくて、のんびりした長女ニャーイと次男ウッシーヤは、平均的なペースの数倍以上、果てしなくエンドレスな先延ばしタイプ。逆に次女リスミーは、数秒も待てないほどの、動き出したら止まれないタイプ。4人の子どもたちは、その友人たちから「極端にタイプの違う、すごく個性的なきょうだい」と言われています。

小学生までは、なにかとトラブルが多く手を焼いたウルフーは、小六の頃からニャーイに習ってドラムを始めました。この楽器が彼に向いていたようで、ずいぶん熱中して高校のクラスメイトたちとドラムのストリート・パフォーマンスチームを結成。学校や教会のイベントに度々登場するようになりました。

夢中になれる楽器で自信をつけたウルフーは、中学入学以降はすっかり落ち着いて、トラブルもめっきりなくなりました。その後、アメリカの大学で歴史と映像を学び、帰国後は地元の広告代理店に勤務しています。

超能力のある子かと

きこ耳をたてるウルフー小学生
ピクッ
ボー
居間でテレビを見ていると…
お母さん帰ってきた門あけてこい！
ブツブツ
モー
なんでウッシーヤが…
は？なんで？
ガーラガラガラ
何もきこえないけど本当かァ？
しばらくして…
ありがとー
おかえり
本当にきた!!
スゴイっ

長男ウルフー、次男ウッシーヤと私の3人で高校野球を観戦中のこと。この頃、ウルフーは小六で、ウッシーヤは幼稚園に通っていました。テレビ中継のブラスバンドの応援や大観衆の歓声で賑やかな実況中継を見ているさなか、急にウルフーが顔を上げ聞き耳を立てました。そして、すぐさまウッシーヤに命じました。

「おい、お母さんが帰ってきたから門、開けろ」

6歳上の強いお兄ちゃんの言うことですから、ふだんゆっくりのウッシーヤもすぐさま席を立ちました。思春期以降は、動きがさらにスローになって、なかなか動いてくれなくなったウッシーヤですが、幼いころはまだ、言いつけどおり動いてくれたのです。家の門をせっせと開けるウッシーヤを見ながら、私は不思議に思いました。なぜなら、私の耳には妻ワッシーナの運転する車の音はぜんぜん聞こえなかったのですから。そうこうするうちに門を開ける作業が終わり、ウッシーヤは門の側で待っています。私は、ますます不審に思いました。

(いくらなんでも音もなく、車が来るはずはない。なのに、ウッシーヤは少しも疑っている様子がない。変だ)

やや間があって、ワッシーナの運転する車が門の前に到着したので、私は本当に、びっくりしてしまいました。しかも、ウルフーがほとんど毎回、母親の到着を言い当てていたのを知り、ますます驚いてしまいました。そのときは「もしかしたらウルフーは、超能力があるのでは？」とさえ思いました。

ずっと疑問に思っていた私は、後日、高校生になったウルフーに聞いてみました。

「あのときは、どうしてお母さんの運転する車が着いたことがわかったんだ？」

「エンジン音と、路地を曲がるときのタイヤやサスペンションのきしむ音とで、お母さんの運転する車が分かるよ」

ウルフーは、さも当然という顔で答えたので、私はあ然としてしまいました。彼の言う路地は、わが家から直線距離でも20〜30メートル以上離れています。ウルフーは、テレビの音もうるさく、外を行き交うたくさんの車の中から、しかも遠くから聞こえるかすかなエンジンやサスペンションの音を、瞬時に聞き分けていたことになります。

ウルフーの耳の良さは、成人後も変わりません。ヘリや飛行機が好きなウルフーは、室内にいながら上空のヘリや飛行機の飛ぶ音を聞いて、機種とその特徴を説明したりしていましたが、そういうことに関心のない私は、軽く聞き流していました。

そんなある日の早朝。かなりの近距離からヘリの爆音が響き、会話も聞き取れないことがありました。わが家は空港から近いので、他県から重要人物が来たのかと思い、ウルフーに「これって、報道ヘリか？」と聞くと「いや、海上保安庁の救難ヘリ」と答えました。その瞬間、お互い顔を見合わせました。わが家は海の側ですから海難事故なら、なんらかの影響があるかもしれません。そのためウルフーと二人で、現場を確認するため、表へ飛び出しました。すると、屋外ではヘリの爆音が反響して聞こえ、ヘリが飛んでいる方角さえさっぱり分かりません。それでも、ウルフーの誘導でヘリの音を探しました。すると海上には、ウルフーの言う通り、海上保安庁の救難ヘリと、それに加えて堤防には大勢の野次馬の姿がありました。

堤防に着くといきなりウルフーが「あの橋の上から人が落ちて、それで捜索しているってよ」と言うのです。私は驚いて「なんで知ってる？」と聞くと「野次馬たちがそう言っている」とのこと。私は、ますます驚きました。ウルフーは、ヘリの爆音の中、遠くの人の会話まで聞こえていたのです。わが息子ながら、この耳の良さには本当に驚かされました。

これだけ過敏な聴覚は、ふだんの暮らしのなかでは必要もなく、むしろ聞こえすぎるが故のストレスのほうが大変だと思います。

同じ服を着たがり族

ある日
次の朝
お前たち ミナ
毎日同じ服だな
さらに次の朝
本当にちゃんと
せんたくしてるか？
おかわりしよ
毎日洗ってかわかしてすぐ着てるのサ
あぜん…
そうそう

ある日の朝、私はふと気づきました。私以外の家族全員が、毎日同じ服を着ていることに、です。デジャブという既視感がありますが、一瞬そのような不思議な感覚になりました。もちろん、そんなことはなく、ただ単にみんなが毎日同じ服を着ていただけのこと。

しかも、わが家はみんなシンプルなデザインで、手触りのいいゆったりとした着心地の服を好みます。子どもたちの傾向として、夏はすべすべした手触りのいいタンクトップが主流で、冬はスウエットの上下を好んで着ています。スウエットは一般的に黒やグレーなどの色が多いため、素材もデザインも色も似たようなものになってしまうのです。私から見るとみんな制服でも着ているかのようにお揃いだったりします。

わが家の4人の子らは、13歳差のなかで男女二人ずつがいます。性格や好みも肉食系から草食系まで極端に違うのに、まったく同じような服を着続けている風景は実に奇妙な印象を受けます。

不審に思った私は、みんなが揃った朝食の席で「お前たちは、本当に毎日洗濯して着ているのか？」と尋ねたところ、ウルフーが代表して答えました。

「もちろん、毎日洗濯しているよ。毎日洗濯して干して乾いたらすぐ着ている」

沖縄は、年間の平均気温が25度ほどで、風もよく吹いているため、洗濯物が乾きやすいことで知られていますが、それにしても乾いた洗濯物をたたんでしまう前に、干し場から取ってすぐ着ているとは、さすがに呆れました。

とはいえ、同じ服を繰り返し着るのは、発達凸凹な火星人たちのよくある行動パターン。自分の匂いがついたお気に入りの服の手触りは、安心感があって家でくつろぐときになくてはならないアイテムだといいます。これは決してわがままや気まぐれではなくて、感覚過敏な火星人たちのストレス軽減に役立っているわけです。

ちなみに、子どもたちはフード付きのパーカなども好きです。それを頭からかぶり、イヤホンで音楽を聴くと、周囲の雑音や騒音が遮断されて気持ちよく音楽を聴くことができるそうです。でも、ウルフーは、言います。

「自分はそのほうが気分よく過ごせるけど、周りからは、フードかぶってじっとしている男は不気味に見える。だから、人前では我慢してやらないようにしているよ」

そのような本人たちの気持ちが分かるので、あまりとやかくは言いませんが、気をつけないと繰り返し着すぎて、服がボロボロになり、穴だらけの服を着たりするので要注意です。しかも、寒い日に穴だらけの上着やズボン、靴下を何枚も重ね着したりします。特に男の子の場合は、ぜんぜん周りの目が気にならないタイプもいて、親が気づかってあげないとそういう変な格好でも平気で外出しようとしたりします。

火星人にとってこの世界は、音、色、触り心地、ものごとが進むスピードなど、どれをとっても生きづらい環境です。だから、ふだんの生活であっても、まるで見知らぬ外国に住んでいるかのようなストレスを抱えて過ごしています。これは、気が小さいなどという性格の問題ではなく、身体の不調でもないのです。いわば地球人には想像しにくい、音・光・匂い・味・触覚に対するアレルギーのようなものなのです。つまり火星人は、まるで建築工事現場のような騒音だらけの集中しにくい場所で、一日中勉強したり、仕事したりしているような人たちなのです。

そのため、これらのストレスを減らす工夫が欠かせません。その最大の工夫が、それぞれの火星人が少しでも楽に過ごせるような環境づくりです。帰宅後は、苦しい場所から避難するようなものですから、周りの人に迷惑にならない範囲で着心地のいい服を着て、好きな音楽を聴きつつ、好みのアロマなどを楽しみ、リラックスして過ごせるようにしてあげたいと思います。

過敏な五感

ウルフー兄さんは耳がいい
サファイヤがにげたぞ
ガガガガ
カサカサ
ペット
鼻もいい
ナベのおかず腐ってるゾ
ドサッ
だから…
うまうま♡
オナラによわい…
オーバーね
ピクピク
カサゴソ

自称・火星人で発達が気になるわが家の家族は、視覚・聴覚・触覚・味覚・嗅覚の五感が敏感すぎる特性を持っています。なかでも長男ウルフーは、わが家でナンバーワンの聴覚と嗅覚を持っており、その特性でたびたび家族を驚かせました。

マンガで紹介されているエピソードですが、このときウルフーは、テレビを見ながら、体長10センチ足らずのペットのハムスターがカゴから逃げてソファーの下を通る足音を聞き分けたのです。すぐさま同じく耳のいい次男ウッシーヤに追跡させて、居場所を確認すると、動きの素早い次女リスミーに餌でおびき寄せるように指示を出しました。3きょうだいの連係プレーで、ハムスターを無事捕えることに成功しました。

ウルフーは、鼻もいいので、ふたを閉めた鍋の中身が傷んでいることを、隣の部屋から言い当てたりもします。高温多湿な沖縄の夏は食べものが傷みやすいので、ウルフーの嗅覚は、家族みんなの健康を守る、優秀なセンサーです。

でも、あまりにも鼻が利くので、オナラのにおいにも過敏に反応します。マンガのように至近距離からのオナラには、毒ガスでも浴びたように、本気でもだえ苦しむので、私は笑いをこらえるのが大変です。特に車の中で誰かがオナラをすると、ウルフーは大騒ぎをして、すべての窓を開けさせます。しかも、ほぼ瞬時に、誰がオナラをしたオナラ犯なのかを言い当て、相手が言い逃れしようとしても容赦なく尋問をあびせかけ追いつめていきます。だから「警察犬」というニックネームが付いていました。この車中オナラ。ウルフーがあまりにも素早く察知して空気を入れ替えるので、私は音もにおいも感じたことがありません。でも、毎回ウルフーの追跡で犯人が名乗りをあげるので、本当に笑ってしまいます。

このようにウルフーは、鼻も耳もすごく敏感なわけですが、火星人ならではの感覚過敏という特性のおかげだということを知らなかった当時は、本気で「もしかして超能力があるのでは？」と思っていました。

ウルフーは、これらの感覚過敏があるものの、忘れ物などはほとんどなく、時間の感覚も整理整とん能力もあるので、今のところ学校や仕事場で困ったことは起きていません。ただ、過集中傾向があるので休息を取るのが苦手な一面があります。

長女ニャーイと次女リスミーは、自己理解をしてもらうため、それぞれ結婚や就職の際に「火星人解説書（サポートブック）」を持たせましたが、ウルフーには持たせていません。といっても安心しきっているわけではなく、就職したばかりなので注意深く見守っているという状態。今後、慣れない環境や新しい人間関係のなかでも、ストレスや消耗をうまく解消していけるかどうかは、まだ未知数ですから。

就職の次には、結婚、出産、子育てと、新しい環境での新しい生活が始まるわけですから、「新」がつくことにすこぶる弱い火星人は「もう大丈夫、これでいい」ということがありません。いわゆる親子関係の関わりが、一般の家庭よりも深く長く果てしなく続くことになるわけです。

また、このような過敏な感覚の特性を音楽や芸術などの分野で発揮できれば素晴らしいのですが、そんな恵まれた人はほんのひと握りでしょう。むしろ過敏すぎるがゆえに、多くの人が感じなくてすむような騒音や悪臭に強いストレスを覚えてしまい、それが原因で人間関係を損ねてしまうことが多々あります。

また、人によって痛覚もまちまちです。わが家でも顔面で浴びるシャワーの水滴を、まるで剣山のように感じる者がいたり、逆に脱臼しても長年気づかなかったりという極端なエピソードがあります。感じ方の差異は他人と比較しにくく、本人ですら感覚過敏を自覚していない場合が多いのです。

公的機関の統計によると、このような発達の気になる人々は人口の約1割いるといわれていますので、決して少数派の悩みではないのです。

ウルフーのような人の場合

育てにくい赤ちゃんだったというウルフーくん（82ページ）。ものすごく、感覚が過敏だったのですね。ふつうならば聞き取れないような雑音などが聞こえていたんじゃないでしょうか。平岡さんは解決策として、穏やかな曲調のBGMを流したということですが、たいへんよい対応だと思います。また、同じように抱っこされても泣き止まない赤ちゃんのなかには、感覚刺激としての抱っこを受け入れられない子も。こういった赤ちゃんにぜひ試していただきたいのが、おくるみのような布で赤ちゃんの体全体をギュッと包み込んであげる方法。直接肌が触れず、また全体的に身体を包まれることで、安心するようです。

また、聴覚がすごく敏感なウルフーくん（86ページ）。一見すると、超能力者のようで羨ましく思う人もいるかもしれません。でも、じつはこの敏感な聴力、本人にはストレス源なのです。私たちはふだん、世の中に溢《あふ》れる音のなかから、無意識に聞きたい音だけを選び、あとの音は遮断しています。でも、ウルフーくんのような特性を持つ発達に偏りがある人の中には、すべての音が際限なく耳に飛び込んで来てしまったり、ある特定の音に過剰に反応してしまうということが往々にして起こります。私が就労支援している男性も聴覚がとても過敏でしたが、無事、ある工場に就職しました。工場の機械の音は、私などが聞くとうるさく感じますが、彼はその音は平気、といいます。でも数日後、彼は工場を辞めました。なんと、工場で飼われている犬の鳴き声がダメ、というのです。ワンワンッという鳴き声を聞くと、その場で倒れそうなぐらい辛いそうです。感覚過敏は、ご本人の心身のコンディションに左右されることも。彼の場合も仕事のストレスが高まり、聴覚がより過敏になったのです。周りの人は、本人の特性だと一言で片づけず、状態をよく見てあげることも必要です。また、嫌いな音の聞こえない場所に避難したり、耳栓をするなどの別の対応も、ご本人と一緒に考えると安心につながり、生活への支障が減りますね。

解説／前田智子

（言語聴覚士・『さぽーとせんたーｉから』所長）

むむっ
このヘリは
CH53Dだな

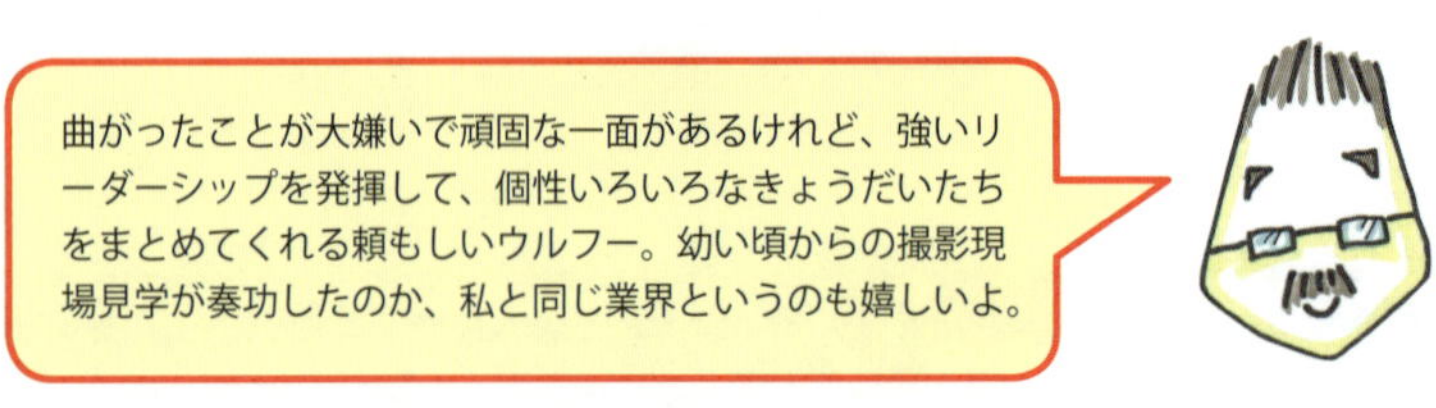
曲がったことが大嫌いで頑固な一面があるけれど、強いリーダーシップを発揮して、個性いろいろなきょうだいたちをまとめてくれる頼もしいウルフー。幼い頃からの撮影現場見学が奏功したのか、私と同じ業界というのも嬉しいよ。

次女　リスミー

国際線CA・21歳

- 思考も言動も超ハイスピード
- 人見知りせず警戒心もゼロに近い
- 切り替えが速すぎて誤解を受けることも
- タンスやピアノの上に登るのが大好き
- 言葉が遅く「か行」が発音できなかった
- 言葉や喉のトラブルが頻繁

すべてにハイスピードな子

リスミー小学一年生
あまりの速さに注意できず

2たす4は6だよね
ピアノの上に移動
なんでそこなの?!

次女リスミーは、とても言葉が遅いうえに「かきくけこ」の「か行」がまったく発音できない子でした。か行が話せないと、話す言葉は半分以上聞き取れないという状態になります。本人も周りから何度も聞き返されたりして、なかなか言いたいことが伝わらないと、泣きながら怒ることがひんぱんにありました。

たとえば、リスミーの発音だと「カニ」という言葉が「アニ」に聞こえるのです。当時は、発達障がいの知識が現在ほど知れ渡っていなかったため、苦しんでいる子どもを見ても、どうすればいいのか分からず途方に暮れていました。

そのリスミーが4歳になり、いよいよ来年から幼稚園生になるという時期になって、妻ワッシーナが動きました。

「幼稚園生になったらクラスの子どもたちも増えるし、いじめられないか心配なので大学病院へ診察に行って来るね」

そう言って通い始めた病院で、リスミーは次のような診断を受けました。

「ろうあ者のような発音をしていますが、これはこの子の個性です。正確に診断するためには思春期まで待たなければなりません。でも、それまで何もしないでいると声帯に良くない癖がついて、発音が悪くなるかもしれませんので、通院して発声のトレーニングをしましょう」

そこで、ワッシーナは、リスミーを連れて大学病院に通い、言語聴覚士の指導のもと、ストローでコップの水をぶくぶく吹いたり、特殊な発声の練習をしたりするなど、さまざまなトレーニングを受けました。私は、言葉の遅れの原因が不明なため、漠然とした不安を抱えたまま見守っていました。

でも、リスミーはそのトレーニングの成果が実って、幼稚園の入園三日前に突然か行が発音できるようになり私たちを喜ばせてくれました。

それからリスミーは、私たち夫婦の心配をよそにすくすく成長し、小学校に入学しました。このマンガは、その頃のエピソードです。妻ワッシーナが晩ご飯の支度をしていると、ふと横から声が聞こえてきました。

「3たす5は、8だよね？」

意外なところから声がするのでワッシーナが見ると、次女リスミーが流し台の縁に座って不自然な格好でノートを広げて算数の宿題をしているのです。

「降りなさい、危ない」

ワッシーナが叱ろうとしたら、言い終わる前にリスミーは、ササッと流しから降りて走り去ってしまいました。あまりの素早さに、ワッシーナは思わず（幻覚を見たのかしら）と感じるほどだったといいます。頭を切り替えて、夕食の支度に戻ったワッシーナ。すると今度は高いところからリスミーの声が聞こえてきます。

「ねぇねぇ、２たす４は６だよね？」

嫌な予感がしたワッシーナが、その声のするところを見ると、なんと今度はピアノの上でリスミーが宿題をしていたというのです。ワッシーナも呆れ果てたようです。

小学生の頃のリスミーは、典型的な落ち着きのない子でした。注意しようとしても言い出す前に雰囲気を察知して逃げるように去って行くので、忙しいときには本当に手を焼いていました。そのため、なにか大事なことを伝えるとき、ワッシーナはリスミーが話し終わる前に逃げてしまわないように、両手をぎゅっと握りしめ目をしっかり見て、言葉をちゃんと受け止めたのかを確認していました。

その後、リスミーは、さまざまな出会いと自分なりの工夫で、思春期以降はしだいに落ち着いていきました。成長して社会人となった今は、この動き回るという特性をうまい具合に生かして、世界の空を飛び回るキャビン・アテンダントになっています。

立ち直りが超速い

リスミー幼児期
わああああ
おとぉたあん
おいで
はっはやい!!
わああ〜ん
あっ
ビュ
ドン
どれどれ
ぐすん
ヘイからおちてハがおれたあ〜〜
あっという間に去るリスミー
はやっ
もういいのか…
あそんでくる
ピュ

天気のいい日曜日。家族みんなで近所の教会に出かけたときのことです。私は、教会の友人たちとコーヒーを飲みながら世間話などして過ごし、妻ワッシーナも奥さん方とおしゃべりを楽しみ、子どもたちは屋外で賑やかに遊んでいました。

すると次女リスミーが、集会所の入口で泣きながら私を捜しているのが見えました。それに気づいた私が手招きすると、リスミーが勢いよく飛び込んできました。

「ああ～ん、塀からおちて歯がおれたぁ！」

涙をポロポロこぼしながら、リスミーが大きく口を開いてなかを見せました。すると前歯が大きく欠けているではありませんか。他にケガはないかじっくり口のまわりを調べようとしたら、リスミーは突然ぱっと後ろに飛びのき、あっという間に走り去ってしまいました。残された私は、ぼう然としましたが、あれだけ元気に走っているなら大したことはないのだろうと、ひとまず判断して様子を見ることにしました。

帰宅後、リスミーに詳しく話を聞きました。すると、コンクリート・ブロックの塀によじ上ろうとして手を滑らせてしまい、コンクリートに前歯を打ち付けてしまったとのこと。折れた前歯がどこにいったのかは「知らない」と言っていました。

前歯が欠けてしまうと、なんだかしまらない笑顔になって、女の子なのにかわいそうだなと思いましたが、当の本人はすっかり忘れてしまったように、平気そうに見えました。この欠けた歯は、後日きちんと治しました。

大人になったリスミーに、あの頃の気持ちを聞いてみたところ「とても痛いし、前歯がないのは悲しいけど、いつまでもくよくよしても仕方がないから」と、とてもさばさばした感想でした。立ち直りが速いことはいいことですが、あまりにも言動や気持ちの切り替えが速すぎると、ケガの確認や判断が甘くなったりします。

リスミーは、30年もの間、手首の脱臼に気がつかない妻ワッシーナほど痛覚が鈍いわけではありませんが、痛がる余韻みたいなものが数秒間しか続かないか、ほぼ皆無といった印象です。

たとえば、ある公園に家族みんなで出かけたときのこと。みんなで芝生の広場で遊ぼうということになり、長くて急な下り坂を歩いていました。

「見て見て、上手でしょう?」

声のしたほうを見ると、ごきげんなリスミーが後ろ向きに歩いています。私は「下り坂だから危ないよ」と軽く注意しました。ところが、私が言い終わらないうちに、足をからませたリスミーは、結構な勢いで坂を転がり落ちていきます。私は(また、

やった か）という感じで特にあわてることもなく見ていました。が、坂の下まで転がり落ちたリスミーが、下り落ちるよりも速い勢いで立ち上がって、泣きながら私に抱きついてきたのです。その勢いにびっくりしましたが、３秒ほどすると私の服で涙を拭って、広場のブランコに向かって走って行ったのでまたびっくりです。この切り替えの速さは、わが子ながらなかなか慣れません。

ワッシーナがリスミーと大事な話をするときは、話し終わるまでしっかり両手を握って離しませんでした。そこで、このケガの日以来、私もそれを真似て両手を握って話すことにしました。

成長したリスミーは、思春期以降ずいぶん落ち着いて、子どもっぽい失敗がほとんどなくなりました。

でも、あいかわらず行動が速すぎて、コミュニケーションが不器用です。連絡不十分だったり、説明不足だったりで周りを右往左往させるとか、分からないときは誰かに相談するということがしっかり身に付いていないので、周りを困らせます。それに、予定をどんどん詰め込みすぎて、休みをきちんと取ることが苦手です。

そのため就職して自立したときには彼女にも「火星人解説書」を作って渡しました。

ボール握りで集中力アップ

言葉の遅れで私たち夫婦を心配させた次女リスミーは、小学校入学後も元気に通学しましたが、高学年になり、思春期の入口を迎えたとき、今度はまた別の問題が起こるようになりました。幼児期から気になっていた落ち着きのなさが、ますます目につくようになってきたのです。

これはリスミーが小学生のときの、三者面談でのエピソード。担任の先生が「リスミーは授業中、ほぼ毎日のように教室の中を走り回っています。授業中なので注意しようとして振り向いたら、すごい速さで席に着くから、注意することもできません」と言うのです。

幼児期のリスミーは、まるで子ザルのように流し台や風呂桶の縁を飛び歩いていた、かなり身の軽いタイプ。「危ない」と注意し、降ろそうとしても、すばしっこいので追いつけない子でした。そのことを思い出し、つい吹き出しそうになりました。

本人に聞いてみると「問題を解き終わったので、まだ解いていない友だちに教えて回っていた」との答え。この子は考えることと行動が、ほぼ同時なのかな、と思いました。問題を解くのが速くて他の友だちに教えること自体はいいことなのでしょうが、先生にその結果を確認すると「考え方はだいたい合っていますが、解答した後のチェックがあまりされていないのでミスが多い」とのこと。

幸いこの子は、担任が火星人的な子どもや療育に詳しい外国人の先生だったため、叱られず「授業でも家庭でもゴムボールを握らせましょう、落ち着くかもしれません」と指導され、その後も、実際その通りに対応してくれました。

この方法は、リスミーにとって適切でした。この後、大きなトラブルもなく無事小学校時代を過ごすことができたリスミーは、年々集中力をつけ、中学生になるころにはぐんと落ち着くようになり、かつて周囲から「落ち着きのない子」と言われたのが嘘のように学力も伸び、学校でトップクラスの成績を収めるようになりました。

リスミーにとっては、ゴムボールの先生との出会いが、転機だったのかもしれません。思いを受けとめ対応を工夫してくれる人との出会いは、子どもにとって宝物です。

成人したリスミーに、子ども時代のことを聞くと、火星人らしい多動なところや過敏なところも、その頃からかなり自分で考えて工夫できるようになったといいます。

「たとえば算数とかは学校で習う公式よりも自己流のほうが解きやすいけど、それで解答したら×をもらうことが多いので、急いでいるとき以外は使わないよ」

他にも、感覚過敏で調子が悪くなったら一時的にトイレに避難したりしているとか。

姉や母や親戚から聞かされてきた話では、私も小学校低学年まではおしゃべりで落ち着きがなく、突飛でストレートな行動が多かったと聞いています。

繁華街で行方不明になって知らない人と映画を観ていたり、後ろ向きで走ってドブに落ちたり、親戚の家に上がるなり火鉢をひっくり返したり、仏壇に入って香炉の灰をまき散らしたり、「実験しようね」と言ってはオモチャをハンマーでたたき壊したり、そんなことが日常茶飯事だったらしいのです。「お前が毎日まじめに小学校に通うなんて誰にも想像できなかったよ」と何度も叔父に言われました。

母からも「あまりにも手が動きすぎて、やんちゃばかりするからもう大変で、心配で体重も10キロ以上落ちるし、集中できるものをと、プラモデルとかゲームとかいろいろ買ってあげたりしたけど、本が一番よかったね」と言われました。今の私からは想像できないくらい多動で、かなり手のかかる子だったようです。小学校高学年から野球と読書にはまってしまい、ぐっと落ち着いてきたのを自分なりに覚えています。ただ好奇心旺盛なところは今もあまり変わっていないのですが。

かつてのリスミーと私の子ども時代はやや重なることがあるものの、今の時代の子の方が生きづらいことが多いと思います。可能な限り寄り添って見守りたいです。

反省を練習して誤解を防ぐ

いいかげんにしろ!!
ゴン!
またやってる…
どーやって?
反省したふりすればいいのよ
じーーーっ…
30秒間、じぃっっとうつむくのよ
ねぇ
まだ?
まだ?もダメ

次女リスミーは、落ち着きのない子と言われつつも、思春期以降は次第に落ち着き成績も良くなってきたので、学校では注意されるより褒《ほ》められることの方が多くなってきました。

でも、そもそも気持ちや行動の変化にスピードがありすぎる特性はそのままですから、対人関係でのトラブルは、なかなか改善されませんでした。

リスミーは、あまりにも言動の切り替えが速すぎて、誤解を受けることが多い子なのです。この日は、長男ウルフーを怒らせてしまったのに、謝ったすぐ後に冗談を言ったので、ふざけていると勘違いされてしまい、またもや怒られたのです。

ウルフーは、感覚過敏なところがありますが、多動傾向はまったくなくて、家族の中では一番地球人に近いタイプだといわれており、コミュニケーションの取り方も平均的な感覚をもっているので、すべてにハイスピードなリスミーとのやりとりがかみ合うはずがありません。

これを見かねた妻ワッシーナが、反省しているふり（反省の練習という意味）を教えました。「相手を怒らせてしまったら、謝った後、30秒は黙って何も言わずにじっとうつむいていなさい」と教えたのです。反省しているふりとは、楽しんでロープレイができるよう、ゲーム感覚でつけた名前だとか。「30秒」と具体的に数字で示すと伝わりやすくなるようです。

ところが、リスミーにとって30秒は果てしなく長い時間に感じてしまうようです。ワッシーナが時間を計っていると、がまんできなくなって「まだ？」と何度も聞いてくるそうです。なので「『まだ？』と聞いてもいけない」と教えたとのこと。

そのリスミーも今では成人し、ウッシーヤに同じことを教えるまでに成長していきます。火星人同士は、お互いの特性をうまく理解できると、それを補い合い、自分たちで工夫できてくるのです。

反省の練習で家庭内のトラブルがぐんと減ったリスミーですが、専門学校に進学し、交際範囲や活動範囲が広がるにつれ、またもやトラブルが増えてきました。

家族が6人のわが家では、家事も大量なので、役割分担して当番制にしています。具体的には朝昼晩の食器洗い、洗濯、トイレ掃除、妻ワッシーナの体調が良くないときの料理などです。

普段のリスミーは、きちんと手伝いをしてくれる優しい子ですが、学校や友だちとの約束が入ると、突然、ものすごく簡単な「でかけるね」みたいなメモやメールを残して家から消えてしまうのです。

仕事から帰った私が、家事のやり残しを見つけて子どもたちに確認してみても、引き継ぎなどは行われていません。リスミーはいったん外出してしまうと、なかなか電話にも出ずメールも返信してこないので、残された家族は困ってしまいます。

そういうときは、私かワッシーナが間に入って他の子と当番の日を交代させるか、親が肩代わりするしかありません。私とワッシーナがそれぞれ個別に話し合いを持ち、ときには「どうすればきちんと連絡や手配をして外出できるか」を一緒に考えたり、ときには堪忍袋の緒が切れて強く注意したりしましたが一向に良くなりませんでした。火星人タイプは成人した後も、言い方や伝え方に工夫を凝らす必要があるようです。

リスミーは、このように社会的コミュニケーションが不器用であり、それに加え休みを取るタイミングが上手ではないので、就職して上京する際に持たせた火星人解説書は、この2点を中心にまとめ、なおかつハイスピードに動き回るこの子の特性を見越して、濡れたり引っぱったりしても破れないようなビニールファイルに入れて手渡しました。もし、職場や友人との人間関係がうまくいかないようなら、これを読み返して、自分なりの工夫で乗り切ってほしいとの願いをこめて。

ストレス軽減イヤホン

次女リスミーは、早い段階で医療の専門家から発音のトレーニングを受けるなど、ていねいなケアのもと育ったので、自分の感覚過敏が元となっているストレスとも上手につきあえるようになっていました。中学生になると、自分からｉＰｏｄを欲しがり、集中が必要な家庭学習のときには音楽を聴きながら行うなど、自ら工夫していました。

リスミーが高一のときに、私の家族が火星人、別名・発達障がいであることがわかりました。家族特有の感覚過敏も、しっかり確認できたので、妻ワッシーナは、夫婦で話し合って決めたことを家族みんなに宣言しました。

「わが家はみんな火星人なのよ。だからもう無理して普通になることはないのよ。家の中はシェルター（避難所）だから、なるべくリラックスして過ごしましょう。私たちは感覚過敏で騒音にすごく弱いから、家の中では自分の自由な時間に、イヤホンをして音楽を聴いていいからね」

発達に凸凹があるうちの火星人たちは、五感が過敏すぎる特性をもっています。小さな音も大きなボリュームに感じるうえに、不快な騒音などは痛みすら覚えるといいます。さらに音や香りを色や味や形としても感じるので、普通に暮らしているだけでストレスが多いようです。そのまま放置すると呼吸困難のようなパニック状態になることもあります。

そのストレスを軽減するために、わが家では自由な時間にイヤホンをしてMP3プレーヤーやiPodを聴いていいことにしたのです。そうすることで、それぞれの家事や勉強に集中しやすい環境づくりを心がけています。つまり音楽プレーヤーは火星人にとって、ストレスの原因を遮断する、いわば酸素ボンベのようなものなのです。

ところが、火星人のストレス軽減には有効なこのやり方は、地球人にとっては困ったことになる場合もあります。マンガのように、話しかけてもイヤホンで音楽を聴いていて用事を頼みにくいのです。近くに行って肩を叩いて合図すればいいのですが、そんなことをするなら自分ですませたほうが早かったりします。いまでは、火星人たちのパニック予防のため、地球人の多少の不便さはやむを得ないと思っています。

また通学中に、リスミーと次男ウッシーヤがイヤホンをしながら歩いているのを見かけた私は、二人を呼んで雑談かたがた「道を歩いているときのイヤホンは危ないから止めるように」と伝えました。その理由として「車が近づいても気がつかないから、事故や、場合によっては不審人物から狙われるかもしれない」と付け足しました。

「道を歩きながらイヤホンをしていても、電源のついたテレビは分かるよ。音楽聴いていても耳の中にキーンという槍《やり》みたいな音が突き刺さるのよ」

リスミーのその言葉に驚いた私はウッシーヤにも同じように感じるのかと確認したら「もちろん」と答えるので、ますます驚きました。リスミーが言葉を続けました。

「それと、最近、赤外線で警報機が鳴る仕組みの家があるでしょう。それも、すごい金属音がするのよ」

道を歩いているだけで、こんなに苦しいのなら、危ないからイヤホンをするなとは言えません。

「じゃあ、せめて音楽のボリュームはなるべく下げて、周りの音も聞こえるようにしなさい」と、妥協点を提案すると、リスミーもウッシーヤも納得してくれました。

でも、後で気づいたのですが、そもそも周りの騒音が耳に入りすぎる対策として、イヤホンをして音楽を聴くことを許しているのですから、通りの車が危ないからやるな、では親の側の言い分が矛盾しています。

感覚過敏な火星人たちが暮らしやすくなる創意工夫は、年齢や環境変化に細かく対応しながら、親の考え方や取り組みも柔軟さが必要だと感じました。

魔の30分ルール

あ～やりのこし!
あれもこれも
あ～つかれた
スポッ
ただいまー
ゴミ→
すぐ片付けて!
帰ってきたばっかなのに!!
たまごになぁれ!
おっ
ゴロン
ゴロン
30分後・・・
パカッ
さっきはごめんねー
ふっかーつ!!

幼いころの言葉の遅れから、私たちがその成長を慎重に見守ってきた次女リスミーですが、言葉や喉に関するトラブルは頻繁《ひんぱん》にありました。まず言葉に関しては、言い間違いや聞き間違いが今も多いのです。ある日、繁華街を車で移動中、リスミーが大声をあげました。この子は目に入るものはなんでも口にしてしまう傾向があります。

「(通りのお店を見かけて)あっ、おしゃれなケーキの店ができてる、わ〜い。(横断中の人を指さして)あの人の服かわいい。あれっ、あんなところにケビンがいるよ」

一緒に車に乗っていた私たちは、3番目の台詞に反応しました。てっきり有名な外国人タレントでも歩いているとばかり思って、通りをキョロキョロ見渡しましたが、それらしい人は誰もいません。みんなが不審がっているとリスミーが続けました。

「ほらっ、ケビンは、銀行の前に立っているよ」

でも、銀行の前には警備員が立っているだけ。結局、あれこれ確認の末、リスミーの言い間違いだと判明しました。そのことをストレートに指摘しても、リスミーは自分の言い間違いになかなか気づきません。同じ傾向の特性を持つ妻ワッシーナの説明によると、言葉を音だけで判断するところとあまりにも早口すぎるところがあるので「ケビン」も「ケイビイン」もほぼ同じ言葉に聞こえるのだとか。

また、喉をうまく使えないためか、幼いときから高校生くらいまで、まったく錠剤の薬が飲めませんでした。成人した現在は、飲み方をいろいろ工夫して薬もなんとか飲めるようになりましたが、その様子をそばで見ていると、ものすごく苦しそうでした。しかも、水分補給をするときも、ボトルから直接飲むと肺に入りやすく、ものすごい勢いでむせたりします。

ある日、家族でドライブ中に、後部座席でペットボトルからソフトドリンクを飲んでいたリスミーが、例によって激しくむせて息がつまり、見る間に顔が紫色になってしまいました。運転中だったワッシーナが、急ブレーキをかけて道路のまんなかに止め、助手席の長女ニャーイと一緒に背中を叩いて水分を吐き出させ、なんとか急場をしのぎました。話しながらや笑いながら飲みものを飲むと、このようなトラブルが多い子です。どうやらリスミーは、口、喉、肺が連動する協調運動のようなものが、なんらかの理由で問題があるようです。よって、私はストローを大量に買い込んで渡しましたが、本人は嫌がって使ってくれません。

外出すると、このような騒ぎがあったりするので、なにかと大変です。

さて、この日は、買物から帰ってぐったりしているところに、散らかっている部屋を見て言い合いが始まってしまいました。発達が気になる火星人タイプの私の家族は、感覚過敏ですから、騒音や、複雑な人間関係に満ちた外出先でさまざまなストレスを抱えがちです。妻ワッシーナは、この状態を「トラックにひかれたような気分」とか「酸欠みたいな苦しさ」と表現しています。

マンガでは、彼らの外出先で抱くストレスに対する警戒心を表すために、外出時にはヘルメットを被っています。帰宅後、ヘルメットを脱ぎ、安心すると初めて激しい疲労感に気づくので、もはや軽いパニック状態です。火星人にとって自宅は、ストレスから解放されて武装を解いてくつろぐことのできるシェルター（避難所）なのです。わが家では帰宅直後の時間帯を『魔の30分』と呼んで、必ず休息を取るルールになっています。そのときの合言葉が「たまごになる」「たまごに帰る」なのです。

ところが、みんな忘れっぽいので、そのルールがうまく使えません。そんなときは、周りにいる他の家族が魔の30分ルールを主張しフォローしています。今回は、たまたま近くにいてトラブルを目撃した私が、「たまごに帰らないと」と、休憩を取ることを勧めることができたので円満解決できました。

7は二重人格

7ってムラサキよね
ウッシーヤはグレー
わたしはグリーンだな
7って二重人格よね
ズズズー
ムシャムシャ
アハハ
性格悪いよね
そうそうウソつきさ

ある日の夕ご飯どき、高校生になった次女リスミーが突然、「7は二重人格だと思う」と言い出しました。あまりに突拍子もない発言に「ええっ⁉ 何言ってんだ、いったい」と私が思う間もなく、わが家の火星人たちの口がいっせいに開いたのです。

「そうそう、ラッキーセブンとかいって人に好かれるふりをして、ウソつきという感じよね」

妻ワッシーナは、数字の「7」が、まるで知り合いみたいな言い方をします。

「7はファのシャープっていう感じ」

ピアノが好きな長女ニャーイは、音階にたとえ、戸惑う私に追い打ちをかけるように言います。ますます何の話をしているのか、私はまったく理解できなくなりました。

そこで、隣に座って黙っている次男ウッシーヤに「何言っているか、さっぱり分からないよなぁ」と声をかけました。

もちろん、この子も同じタイプの火星人ですから、きっと何か感じているだろうと会話を振ってみたわけです。すなわち、この会話の感覚は、きっと分かっているはずだけど、まだ幼くて、言葉にできていないのではと思ったのです。

すると、私の声かけに気づいたワッシーナが「じゃぁ、ドは何色？」と水を向けて来ました。

「黒」と、すぐさま答えるウッシーヤ。

「じゃあ、ソは？」ワッシーナが質問すると「紫！」と返します。すると、他の子たちもだんだんのってきました。

「私は水色だなぁ」と、リスミーが会話に加わりました。

それから、家族のさらに会話はヒートしていきました。私はもう完全に付いていけません。このまま何も分からないのは、あまりにしゃくなので、その後、ワッシーナに、この日の数字「7」に関する感じ方について、詳しく説明してもらおうと考え、時間を作ってインタビューしてみました。

「普通7という数字は、一般的にいいイメージが多いみたいね。ラッキーセブンとも言うし。でもね、その良いイメージは表向きだけで、この数字の性格は裏切り者なのよ。つんつんしているし。セメント・ブロックのようにざらざら硬くて、痛くて苦くて不味《まず》い。だから、好きじゃないよ。とにかく7はとてもアンバランスね。すべての共感覚者、すべての火星人がそう感じているわけではないの。

その代わり、3はとても友好的だから大好きよ。色は、グリーンね。ヤシの木の幹みたいに太くて厚みがあって温かいのよ。アマゾンで先住民と住んでいるところに、久々にウチナ～ンチュ（沖縄人）に会ったたぁ、という感じぃ～」

ワッシーナは、いろいろな体験やこれまで調べてきたことを通して、自分の得た感覚を、自分の言葉でかなり細かく伝えることができるようになってきました。そのワッシーナ曰く、うちの火星人にはおおむね、すべての数字が立体的に見えていて、手ざわりがあって、まるで食べ物のように味があるそうです。さすがに、ここまでぶっ飛んだ会話だと、まるで本物の火星人が話す、火星語を聞いているような感じがします。

でも、わが家では、このような会話が日常的に繰り広げられるようになってずいぶん経つので、今では私も、数字に色や人格を感じる家族の話を楽しめるようになってきました。

リスミーのような人の場合

私どもが支援している中にも、リスミーさんのように高い所に登りたがる（102ページ）お子さんも多いです。これにもいくつかの理由が考えられます。まずは、感覚刺激として高い所に身を置くことが心地よく落ち着くという子。また、高い所は周囲が見渡せるから好きという子も。こういう子の場合は、活動前に思いっきり木登りをさせたりすると、次の活動に落ち着いて参加できたりします。また、休日に公園の遊具などで思いっきり楽しめる機会を増やし、欲している刺激を満たしてあげましょう。また、可能であれば、「ここならいいよ」という安全な高い所を用意してあげるのも一つの方策です。注目されることが好きな子もいます。このタイプの子が高い所に登ったときには、過剰に騒いだり、叱ったりすることは控えます。そして、ちゃんと座っているときなど、こちらがやって欲しい行動をとっているときに注目し、褒《ほ》めてあげましょう。おのずと高い所に登るような、気になる行動は減ってきます。

授業中、ゴムボールを握ることで落ち着いて授業を受けることができたリスミーさん（110ページ）。この方法は彼女にはぴったりはまったわけですが、子どもそれぞれに合ったアイテムや方法があるのです。私が今までサポートしたお子さんには、ポケットに入っている柔らかい布を触る、フードをかぶる、手首に輪ゴムをつけるなど、いろんな子がいました。それぞれに合ったアイテムで安心感を得て授業に参加できました。また、席を一番前にすることで落ち着いて授業を受けることができた子も。後ろの席だとクラスメイトのことが気になって集中できなかったのでしょうね。まずは、子どもの行動をよく観察し、その意味を見つけてください。そして、「ちゃんとさせなければ」「他の子はできるのに、うちの子はなんでできないの」と親が焦ったり落ち込んだりせず、子どもの気持ちに寄り添って「どうしたらできるのかな？」と一緒に工夫しましょう。困っているのは、子どもなのです。

解説／前田智子
（言語聴覚士・『さぽーとせんたーｉから』所長）

人懐こくて明るいリスミー。でも、言動が機敏過ぎ、感情の切り替えも速過ぎて、よく周囲の人に誤解されたね。溢れんばかりの好奇心&行動力が仇となって、長続きしないことも多かったけど、自分に向いた職業に就けてよかった。

次男　ウッシーヤ

高校生・17歳

- 行動はとにかく超スロー
- よく寝る、よく食べる
- 夢中になると止まらない動かない
- 読字・書字トラブルで学習に支障
- 感覚過敏で顔に水をつけるのが苦手
- 急な予定変更でパニックに

失敗を笑いに

そうじしなさい!
トホホ…
引き出しの中もよ
ギクッ
午前中かかって…
スパゲッティ
(スパゲッティは)はじめてだよ…
また出た〜!!!

次男ウッシーヤは、幼いころから現在まで整理整とんが苦手です。少し目を離してしまうと、あっという間に勉強机の上が物置のようになり、教科書、筆記用具、遊び道具、洗濯物などが山盛りになってしまいます。それどころか、あふれた荷物は椅子の上や、机の周辺に落ちて、そこで積み重なっています。そのため毎週末に掃除や整理整とんが必要ですが、発達が気になる火星人だらけのわが家は、親も子も忘れっぽいので、ついそれを忘れてしまいます。すると、数週間でウッシーヤの周りが散らかり放題となってしまいます。

この日は、朝から家中の掃除に取りかかっていた妻ワッシーナが、ウッシーヤの机に目をつけ、掃除をするように言いました。ウッシーヤは、けんめいに午前中いっぱいかけて机の上とその周辺を片付けました。

このころ、ウッシーヤは小学校六年生。平均的な子どもなら、1時間くらいでできそうなものですが、彼はとってもゆっくりな子です。ワッシーナは、家事の合間に進み具合をちょくちょくのぞいて確認し、本人がボーッとしているときは手を貸しながら、ずいぶん忍耐強く、片付けさせていました。お昼近くになって、やっと作業が終わり、ウッシーヤが「掃除が終わったよ」と報告に来ました。ワッシーナは、最後まできちんとできているのか、早速チェックしていました。

「机の周りはオッケーね。引き出しの中は掃除した？」

ウッシーヤは、もじもじしながら「まだ」と答えました。ワッシーナは引き出しの中の状態を確認するため、開けるように言いました。ウッシーヤが相変わらずゆっくりゆっくり引き出しを開けると……そこから出てきたのは、数週間放置されカチカチに硬くなった、食べかけのスパゲッティ。まさに、ミイラ化した恐怖の物体でした。

「キャー！　なにこれ⁉」

次の瞬間、ワッシーナの悲鳴が家中に響きました。食べかけのスパゲッティを机の中にしまうなんて、不思議でしょうがありませんが、当のウッシーヤは机のなかにスパゲッティを入れたことをすっかり忘れてしまっていたようです。目に入らないところに収めてしまうと、すっかり頭の中からその情報も消えてしまうのでしょう。

ウッシーヤは、何度も同じような失敗をしていますが、本人にとってスパゲッティをしまい込んでいたのは初めてなので、正直に「初めてだよ」と言い訳しています。彼の言い分は正確ではありますが、親の立場でこの主張を聞くと、逆にウソつきに見えてしまいます。事実、私たち夫婦はかつて、ウッシーヤのことを「根は純粋なようだけど、なぜときどき見え透いたウソをつくのだろう」と不可解に感じていました。

一方、妻ワッシーナは、すごく忘れっぽいので似たような失敗に何度でも驚きます。この後、ウッシーヤの引き出しからは、無数のカマキリの赤ちゃんが生まれ出てきたり、大量の蟬《せみ》の抜け殻があふれ出たりしますが、そのつどワッシーナは、まるで初めての事態に遭遇したような、びっくり仰天のリアクションです。

発達が気になる私の家族は、片付けや整理整頓などが苦手か、それはできても頭の中の情報の整理整とんがうまくいかないタイプがほとんど。注意したくらいでは、なかなか行動に移せません。一見するとルーズな怠け者ですが、これは脳機能の偏りによるもので、本人の性格や親の躾《しつけ》とは無関係と言われています。それを専門家の書籍や、支援センターのトレーナーさんから教えてもらい、ずいぶん肩の荷を下ろすことができました。とはいえ、苦手でも片付けは必要ですから「どうすればできるかな？」をキーワードにして、本人ができるやり方を日々試行錯誤しています。

いまでも失敗が多いわが家ですが、深刻にならずに笑ってすませることでストレスをためないようにしています。高校生になった今のウッシーヤは、ずいぶん成長して引き出しに食べ物や生き物を入れなくなりましたが、整理整とんは苦手なままです。

読字《どくじ》・書字《しょじ》トラブル

ひどい勝手読みとばし読みよね・・・
みんな まちがって・・・・・いい
ひどいムカデみたいな字よね・・・
みんなちがって
どうしたらいいの?!!
?
うおおお〜〜!!
いろいろ調べるワッシーナ
定規を当てて読み書きしてね
みんな ちがって
うまくいくモー

赤ちゃんから幼児の間は、大人しくて手のかからなかった次男ウッシーヤですが、小学校に上がると、いろいろな問題が起こるようになりました。そのなかでも一番頭を悩ませたのが、文章の読み書きの問題でした。

ウッシーヤは本を読むと、すごくたどたどしいうえに単語を飛ばして読んだり、書かれていないことを勝手に読んだり。低学年のうちは、私もなんとか忍耐強くつきっきりで一緒に読んでいましたが、一行読むのに数分間もかかることがしばしばでした。

文字を書くと、蛇行どころか、ジグザグに書いたり、渦巻き状にぐるぐる回転させながら書いたりして、まるっきりまっすぐ書けません。文字にも数字にも、顔がついて、手足や羽がついているような、まるで絵のような不思議な字を書いていました。

何度注意しても止めないし、本人の様子を見ても決して悪ふざけをしているわけではないようなのですが、これでは勉強になりません。

かといって、知能テストをしても特に問題は見当たらず、学校や家庭でも、結局本人のやる気の問題では、ということになっていました。

妻ワッシーナの努力は、涙ぐましいものがありました。毎日、朝と夕の送迎の車中で、教科書の音読や、かけ算・九九の練習、四字熟語の暗唱などを行い、ときには宿題や家庭学習でも、つきっきりで深夜までかけて教えました。ウッシーヤは人一倍読み書きに時間がかかるうえに、間違いが多く何度もやり直すので、一般的な宿題の量でも、何倍も時間がかかるのです。仕事と家事、子育てを一手に担うワッシーナには、とても大きな負担だったはずです。

ところが、ある教育専門家の検査と問診を受け「発達障がいの可能性が高い」と指摘され、私たち夫婦は目からウロコが落ちたような感覚になりました。それまで不可解だったウッシーヤの読み書きの問題、集団遊びが苦手なところ、極端に水を怖がる感覚過敏、やりとりの不器用さなど、すべてに説明がつき、すごく納得できたのです。

それからというものワッシーナは、当事者の集いや発達障がいに関する講演に足繁く通い、専門書やサイトを読み漁り、家族それぞれの特性の研究に没頭しました。

また、ウッシーヤの勉強がはかどり学力がアップするようにと、発達障がいの特性のある人向けの教材をそろえ、その学習方法を調べました。その結果、読字や書字にトラブルのある子は、線引きや定規を当てて読み書きすればスムーズにできる子もいることが分かり、さっそく家庭内で実践。以来、これまでのウッシーヤの読み書きトラブルのほとんどが解決していきました。

ある日、「脳内視力セミナー」というものを家族で受講しました。これは脳の中の視力を測る両眼視機能検査によって、読字・書字トラブルを解決するという画期的な内容でした。左右の目で捉えた像が、脳内でずれて見えてしまっているために、文字がしっかり読みとれなかったり、見えづらかったりという症状を抱えた人がいるのだそうです。この検査では、そのずれ具合を測ることができるというのです。ずれを矯正する特殊レンズのメガネをかければ、文字が見えやすくなるということでした。

セミナーでは、家族全員で簡易式の検査を受けました。その結果、わが家は私を含めた全員が、ずれて見えていることが判明したのです。そして、日ごろパソコンなどで目を酷使する仕事に従事している私だけが、ひとまず特殊レンズのメガネを作りました。すると、驚いたことに、長年悩んでいた偏頭痛から解放されたのです。

読字・書字トラブルなどで勉強に集中しづらかったウッシーヤは、さまざまな工夫や情報のおかげなのか、高校生になったある日突然、勉強のスイッチが入りました。学校の先生が「奇跡的」と言うほどやる気がアップしたのです。ウッシーヤ本人も「初めて勉強がよく分かるようになった」と言うほどでした。

発達の気になる子にも、必ず、その子に合った学習方法があるのです。

虫をおもてなし感覚

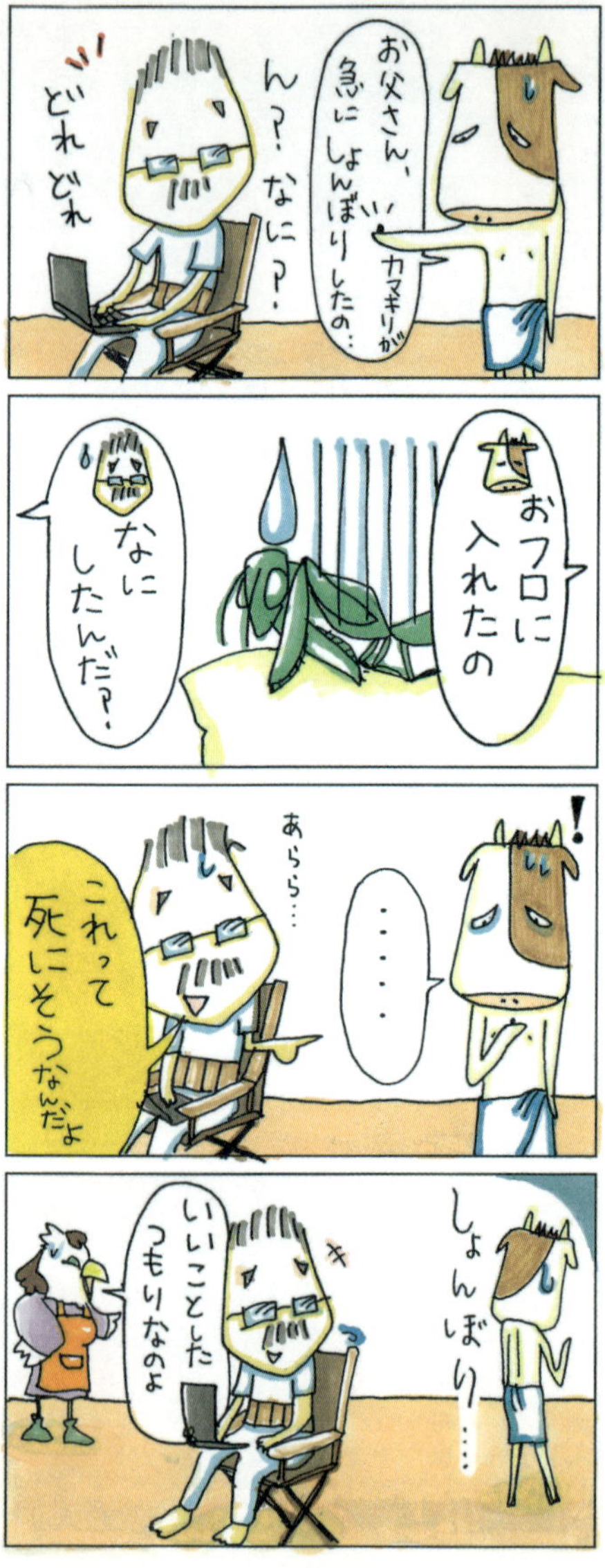

お父さん、急にしょんぼりしたの…
カマキリが
ん?なに?
どれどれ
おフロに入れたの
なにしたんだ?
!
……
あらら…
これって死にそうなんだよ
しょんぼり……
いいことしたつもりなのよ

ある日の夜、子ども部屋から娘たちの悲鳴が聞こえ、驚いて駆けつけると、ベッドの上に無数の虫がうごめいていました。よく見るとカマキリの赤ちゃんです。1センチにも満たない赤ちゃんが大群で、か細い手足を忙しなく動かしています。

何も知らずに寝ている次男ウッシーヤを起こして引き出しを開けさせると、さらに大量のカマキリの赤ちゃんがいて、娘たちはまたもや金切り声をあげました。聞けば、校庭で見つけたカマキリの卵を持ち帰り、引き出しにしまったまま忘れていたとのこと。ウッシーヤは、小さな生き物や植物が大好きなのですが、その後の管理が苦手なので、たびたび騒動を起こします。

きちんとカゴにいれて飼うことを教えて、なんとか一件落着。虫は虫かごに、食べ残しは冷蔵庫に、という当たり前のことがなかなか身に付かないウッシーヤは、お気に入りはなんでも引き出しにしまってしまうのです。幼い子ならまだしも、そのころウッシーヤはもう中学生でした。動機はいつも純真なので、どこまで受け入れて、どこから叱るべきか、私と妻ワッシーナは、今でも頭を悩ませています。

そんななか、風呂上がりのウッシーヤが心配そうに「カマキリが、しょんぼりしている」と見せに来ました。確かにカマキリはグッタリとしています。私は「カマキリに何をしたの？」と聞きました。するとウッシーヤは「お風呂にいれてあげた」と答えるではありませんか。私は、笑い転げたいのを必死で我慢して答えました。

「これは、しょんぼりじゃなくて、死にそうっていうんだよ」

要するに、赤ちゃんカマキリと一緒に熱い湯船に入って死なせてしまったわけですが、当の本人は、まったく悪気はないようでとても残念がっていたのです。実は妻ワッシーナも、子どもの頃に同じようなことをしていたと、以前聞いたことがあったので、ウッシーヤを叱ることはせず、軽い注意で済ませました。ワッシーナの場合は、小鳥や金魚と一緒にお風呂に入って死なせてしまったのだそうです。ちなみに湯船のなかで、熱帯魚がナナメに泳いだのがとても不思議だったと話していました。

（それにしてもウッシーヤはなぜ、そんなことを？）と、考えてもなかなか理解できないので、彼が部屋を出た後、早速、ワッシーナにその行動心理を聞いてみました。

「もちろん、ぜんぜん悪気はないのよ。そんなことすれば死ぬことくらいよく考えれば判断できるんだけどね」

「じゃあ、なんでわざわざ人間みたいにお風呂に入れるんだろうか？」

「それは、親切というか、もてなしたい気持ちというか友だち感覚なのよ。素晴らしいひとときを分かち合いたいのね」

うちの火星人は、五感がとてつもなく鋭敏なので、いろいろな生き物や植物に対する感覚も独特です。この日、ウッシーヤは、とてもかわいがっていたカマキリの赤ちゃんと一緒に入浴し、死なせてしまいましたが、かわいがりたい一心で入浴させたものの、その虫がその後どうなるかというイメージが、できないのです。

うちの火星人のなかには、先行きを見通す想像力が足りない子もいるため、一見非常識な予測もつかない言動をしがちです。かといって、結果だけを評価して叱ると、ひどく傷つけてしまいます。普通なら説明しなくていいこともきちんと教えてあげて、本人に理解させる必要があるのです。そのためわが家では、なぜそのようなことをしたのかという動機をしっかり確認し、良い考えは褒《ほ》め、それでも良くない結果に繋がってしまったときは「どうすれば、うまくできる？」と、本人に合ったやり方を一緒に考えるようにしています。一方、見通しを立てるのが苦手な火星人の特性は、ときに大きなプラスをもたらすことも。常識的には、無謀に見えるプランでも、臆することなく押し進めようとする火星人を見ると、挑戦することの大切さを思い起こされるのです。常識は大切ですが、予定調和ばかりでは味気ない世界になりますからね。

夢中になったら止まれない

うちの火星人たちには、集中しすぎて我を忘れてしまう傾向が全員にあります。集中力があること自体は、決して悪いことではないのですが、時と場合をわきまえなかったり、度がすぎてしまったり、一般的な感覚からは理解しにくいものに夢中になりすぎて周囲の人たちから誤解されたり、本人も自分が理解できなくなって苦しくなったりしていました。

これは次男ウッシーヤが、小学生だった頃のエピソードです。

彼は、もともとスポーツは好きではありませんが、テニスの壁打ちやキャッチボールのような、比較的単純な繰り返しの運動は、その当時だけですが、とても好きでした。ただ、興味があるときは自分からテニスやキャッチボールに私を誘いますが、ある一定の期間が過ぎたり、別のことに興味が移ったりすると、とたんに見向きもしなくなります。周りから見ると、まるで気まぐれな行為に見えますが、本人はまるで悪気がなく、いたって純粋な気持ちなのです。

この日は、めずらしくウッシーヤのほうから「キャッチボールをしよう」と誘ってくれたので、二人で自宅近くの空き地へ行きました。

私の投げたボールを取り損ねたウッシーヤが球を拾いに行きました。通りの向こう側までボールを探しに行ったので、私のいる所からは彼の姿は見えなくなってしまいました。

しばらく待ちましたが、ウッシーヤがなかなか戻って来ないので、私はしびれを切らし、ようすを見に行きました。すると彼は道路にしゃがみこんで、熱心に地べたを見ています。拾いに行ったはずのボールは足下に転がったままです。声をかけながら近づいても、ウッシーヤは返事をしないばかりか、身動き一つしません。隣にしゃがみこんで様子をうかがうと、なんと、蟻《あり》の行列をじっと観察中でした。

状況から察するに、ウッシーヤは道路まで転がったボールを拾おうとした瞬間、蟻の行列に目も心も奪われてしまい、この場に釘付けになってしまったようです。

蒸し暑い真夏の昼下がりでしたので、ウッシーヤは額から汗をぽたぽた垂らしながら、時間が経つのも忘れ、じっと蟻の動きを見続けていたのです。もはや、キャッチボールはおろか、父親と一緒だということも忘れてしまっているようでした。

(何がそんなにおもしろいのだろうか?)

私は、不思議に思って、ウッシーヤの横顔とその目線の動きを見ていると、なんだかボーッとしていて、まるで魂の抜け殻が蟻の行進を見ているようなのです。

今にして思えば、ウッシーヤは頭の中で、自分も蟻になって餌や巣づくりの材料を運んでいたのかもしれません。蟻になったウッシーヤは、わずか数ミリの身体で、灼熱の太陽が照りつけるアスファルトの上を歩んでいたのかも。人間にとっては平たんに感じるアスファルトの路面も、蟻のウッシーヤには山あり谷ありの大冒険旅行だったことでしょう。そんなふうに考えると、一見無意味に感じるウッシーヤの熱心すぎる観察も、分かるような気がしてきます。火星人の特権は、虫や花、香りや音色などのなかに、自分自身が入っていけることみたいです。

とはいえ、私も一緒になって妄想して蟻になることはできないので、何度もキャッチボールの続きに誘い、また、家に帰ろうと声をかけました。でも、まるでウッシーヤの耳に入りません。30分ほど過ぎたころ、しびれを切らした私は先に家に帰りました。自宅のすぐ前だから一人でも大丈夫だろうと判断し、好きなだけ観察させてあげることにしたのですが、ウッシーヤが帰宅したのは、それから2時間後のことでした。

発達凸凹の火星人たちは、一度夢中になってしまうとそれを止めるのがものすごく苦しいと聞きますので、その特性をいい方向に生かすため、これからもなるべく無理強いをせずに、時間の許すかぎり気長に見守っていこうと思います。

好きと苦手が両極端

ウッシーヤは水が苦手
モ〜〜
プールも苦手
お風呂も入りたがらない
早く入りなさい
うん あとで
だけど入ってしまうとなかなか出てこない
早く出なさい!!
あと5分〜

次男ウッシーヤは水が苦手です。でも、時と場合により極端に違う傾向を見せるので、親としては彼の心理を理解することが難しく、とても苦労しました。

ウッシーヤは顔に水をつけるのを極端に怖がるため、なかなか一人で洗顔ができませんでした。側について洗わせると、指先をちょこっと水につけ、それで目の周りをごしごしこすって、はい終わり、という感じでした。結局、妻ワッシーナがおしぼりで顔を強引に拭いていました。ところが、そんなウッシーヤが、高校生になると突然、毎日自分からお風呂に入って身の回りを清潔に保てるようになって、顔もいつもさっぱりしています。どうやら顔も、きちんと洗えるようになったみたいなのです。

ウッシーヤの生活習慣が身に付く発達のスピードは、全般的に見て平均的な子の3分の2くらいのようです。車でたとえると、平均時速100キロで走るべきところを70キロくらいで走っているようなイメージです。このくらいのペースで人生を走り続ける子なんだと、当時からゆとりを持って考えることができれば、親もやたらと焦ったり悩んだりせずにすんだのにと、今では思います。

さて幼いころのウッシーヤは、一方では川や海などの自然は大好きでした。すぐに夢中になって何時間も生き物を観察して過ごすのです。それでも、決して水の中には入りません。少しでも水に慣らそうと思い、私が抱いて海やプールに入っても、火がついたように激しく泣いて嫌がりました。あまりにも苦しそうなので、さすがにそれ以上強制することはできず、かといって理由もさっぱり思い当たらず、親としてとても悩みました。私もワッシーナもスキューバダイビングが大好きで、ほかの子どもたちも体験ダイビングをするほどなのに、ウッシーヤだけが水を怖がるのですから。

小学校から高校生の現在まで、ウッシーヤは一貫してミッションスクールに通っています。中学生のとき、一度だけ「徒歩通学ができる近所の公立に転校しては」ということが、家庭内で話し合われました。そのとき、当のウッシーヤが「公立にはプールの授業があるから」と言って猛反対しました。このときウッシーヤは、すでに大人並みの体格をしていたのに、幼子のように徹底して水を嫌うさまを見て「これは性格ではなくて特性、すなわち脳の構造の問題」ということに改めて気づかされました。

ウッシーヤは、日ごろ、お風呂もなかなか入りたがらないのですが、不思議なことに、いったん入ってしまうと、今度は何時間も出たがらないので、家族みんなが困り果てました。つまり、ウッシーヤは、顔を水につけるのは苦手でも、身体をゆったりとお湯に浸すのは大好きなのです。この子は、水を顔につける以外は大丈夫なんだと私が気づいたのは、先述したように、ウッシーヤが思春期以降、一人で長風呂につかるようになってからです。よって、ウッシーヤがなかなかお風呂に入らないのは、水が怖いのではなく、火星人特有の先延ばしぐせなのだと、なんとなく理解しました。

感覚過敏で水が顔に触れる感覚を極端に嫌い、洗顔もできず、一方では先延ばしぐせで風呂にもなかなか入らない。ところが、いったん入ると時間の感覚がないからいつまでも出てこない、そういうことだったのです。

火星人の特性を知らなかったころは「なんてわがままでマイペースな子だろう」と誤解していました。客観的に見ると極端な「好き嫌い」に見えるからです。でも、本人のなかでは脳の発達の偏りを原因とした「できる、できない」の問題なのです。

発達凸凹の火星人タイプは、常識に当てはまらない行動が多く、しかもその理由がはっきりしないため、理解することはとても難しいです。でも、常識を押し付けて、行儀の善し悪しや他人との比較で判断せず、その特性のいい面を伸ばす工夫がいちばん大切だと思います。なにより家庭のなかに、本人がリラックスできる居場所を作って、受け止めてあげることを心がけたいと、いまは思っています。

通話中に電話していることを忘れる

私は、気分転換と健康と創作活動のために散歩をします。最初は健康のためのウォーキングだったのですが、あまりハードに歩くとかえって風邪をひきやすくなったので、やり方を変えました。いろいろなことを考えながらぶらぶらしているうちに、携帯電話のカメラで花や夕陽を撮ったり、散歩中に思いついたエッセイや小説を書いてブログにアップしたり。いまでは、健康よりも気分転換のために歩くようになりました。

うちの家族が発達凸凹な火星人だと気づいてからは、私にとって、この日課がますます大切なひとときとなっています。というのは、サポートセンターで、行動療法であるペアレント・トレーニングやストレス・マネージメントを学び、わが家でそれを取り入れるようになってからは、頭の中を整理したり気持ちを静めたりすることが、より大切になってきたからです。

なぜなら行動療法は、徹底して褒《ほ》めてのばすという取り組み。顔を洗う、散らかったものはきちんと片付ける、ふだんから整理整とんをするというような、できて当たり前の日常的なことがなかなか身に付かない子どもたちの、わずかな「できたこと」を見つけて、しっかり褒《ほ》めて次の行動をうながすというもの。

わが家は、そのように手をかけ時間をかけて関わる必要のある火星人が5人もいます。だから私はひんぱんに散歩するようになりました。

ある日、その大切な散歩のひとときを、切りさくように携帯電話が鳴りました。表示画面を確認すると次男ウッシーヤからです。彼は、初めて持ったケータイがよほど嬉しいようで、ささいな用事でもいちいち電話してきます。ところが、この日はどういうわけか無言電話。私は、ついイライラして、大声で「もしもし」を連呼しましたが、一向にウッシーヤは電話に出ません。頭にきて電話を切り、ずんずん歩いて家に向かいましたが、そのうち冷静に考えるようになりました。

（これは火星人ならではの何かが、あるのかもしれない）

そう考えるとますます頭は静かになり、家に帰るとウッシーヤにやんわりと注意したところ、表情にはほとんど表れないものの、内心すごく驚いた様子です。

「ごめん、忘れてた」

よくよく理由を確認したら、電話をかけたとたんに、次女リスミーから話しかけられて、通話中だったことを忘れてしまったとのこと。一般常識に当てはめると、電話中に話しかけるほうも良くないですが、それにすぐ応えるほうもどうかと思います。

うちの火星人たちは、リスミーのように行動が極端に速くて相手の立場を見てコミュニケーションをするのが苦手な子もいるし、ウッシーヤのように新しい刺激がやってくるとテレビのチャンネルを切り替えるように、それまでしていたことの記憶が消えてしまう子もいるのです。これは気を取られやすい脳の作りから起こることなので、本人の性格や態度の問題ではありませんから、一方的に叱るわけにはいきません。

よく考えたら、長男ウルフーをのぞくほぼ全員、すなわち家族4人から、同じ理由で無言電話をかけられたことがあるということに気がつきました。発達に凸凹のある火星人のわが家では、このようなコミュニケーションのミスが頻繁《ひんぱん》に起こります。電話中の人に話しかけるほうもマナー違反に気がつかず、電話をかけているほうも話し中であることを忘れてしまうが故に起こるトラブルです。

未然防止策はまったく思い浮かびません。成長を気長に待つことしかないのでしょう。でも、妻ワッシーナも、いまだに無言電話をかけてきますから、頭を切り替えていかに笑って済ますかを考えたほうがいいかもしれませんね。

ほぼ唯一の、ささやかな対策として、私は家族に「連絡はなるべくメールで」とお願いしています。これだと履歴が残るし「無言」で嫌な思いもしませんから。

違いを見極める

スポッ
宿題がいつもの2倍になっちゃった
ただいモー
おかえりー そうなんだ 大変ね
おい サンパツするぞ
!
ええっっ
はあっ?!
お前が たのんだんだ だろ!!
ギャオーン
なんでみんな ウッシーヤにばっかり 言うの!?
ふーん
うん
急な予定 変更は 苦しいんだよね

「お父さんの育て方が悪いからだ、ウッシーヤには困らされてるよ」

わが家で一番しっかり者の長男ウルフーは、かつては口ぐせのように、私に食ってかかっていました。成績もよく、家庭内でも学校でもきちんとルールを守り、外出するときには30分前に支度を整え、親が出かける用意ができたときにはすでに家の戸締まりも終えているような、そんなタイプの子です。わが家が火星人であるということにまだ気づいていないころには、そんなウルフーの訴えに対して、反論することができず、黙ってやりすごしていました。

ところが、火星人であることに気づいた後の、ある日のこと。次男ウッシーヤのゆっくりペースにイライラしたウルフーがいつものように苦情を言いにきました。でも、私はユーモアを交えて諭しました。

「お前の弟は人間じゃないよ。牛だ。だから腕ずくでは動かないよ。ごほうびを用意して、うまく誘導しないとな」

私たち両親が、ペアレント・トレーニングを受けた後、行動療法を取り入れ、褒《ほ》めて伸ばすということを意識するようになり、その結果、ウッシーヤが次第に動くようになったのを目の当たりにしていたウルフーは、この小さなヒントでピンときたようです。それからというもの、いくら強い言葉で言いつけても動かなかったウッシーヤに対して「これ手伝ってくれたら、あとでお菓子あげるよ。やってくれると嬉しいな」と、ソフトな対応ができるようになりました。私と妻ワッシーナが「ウルフーはうまいなぁ」と褒《ほ》めると、気分がよくなって、この方法を続けてくれるのでした。

そんなある日、ウッシーヤが疲れた顔で帰宅するなり「宿題がいつもの2倍になっちゃった」と告げました。そこへ、事情を知らないウルフーが、約束の時間通りに部屋から出てきて、散髪の支度をするように催促しました。ウッシーヤは、指先の器用なウルフーに、よく散髪を頼むのです。

するとウッシーヤは豹変し、険しい顔で大声をだしたのです。知らない人が見たら「なんてキレやすい子だ」と思うことでしょう。でも、これは怒っているのではなくパニックなのです。宿題が2倍になったという急な予定変更のためにすっかり混乱し、水中で酸素ボンベを落としてしまって溺れているような混乱状態なのです。

でも、この特性を知っているワッシーナが、マンガのように、的確に気持ちを言い当てたので、ウッシーヤはすぐに落ち着きを取り戻しました。その変化を見て、ウッシーヤの特性を理解しつつあるウルフーも、すぐに納得しました。

私は、たまたまこの一部始終を目撃し、行動療法の取り組みがわが家の中で浸透し、しっかり根を下ろして家族の身に付いてきたことが実感できました。発達が凸凹な人の気持ちを言い当てるのはすごく難しいことですが、一番困っているのは本人である、ということを、なによりも理解してあげることが大切だと思います。

また、ウッシーヤの特性を牛に見立てて説明したことが家庭内ですんなり受け入れられたのを見て、私はこれをみんなにも適用することで、家族のいざこざが減るのではないかと思いつきました。家族それぞれ濃淡はあるものの、みんなに発達の凸凹があるので、イベントごとなどで力を合わせて波に乗ると大きな力を発揮しますが、一度歯車が狂いだすと文字通り歯止めが利かなくなるのです。

そこで、子どもたちの特性をキャラクター化してトラブル回避に役立てることにしました。長女ニャーイを猫、長男ウルフーを狼、次女リスミーをリスに見立て、それぞれの特性や心理を説明すると、子どもたちは互いの違いを簡単に認識できるようになったのでした。

でも一番大切なのはたとえ欠点だらけでもまるごと受け入れ、お互いの存在を喜び合うことだと思います。

ウッシーヤを起こす戦い

発達凸凹の火星人である次男ウッシーヤは、幼児期から高校生になった現在に至るまで、自発的に起きるということがほとんどできません。「そんな寝起きの悪い子は、よくいるでしょう」という意見をよく聞きますが、発達凸凹な火星人タイプは、それが日常生活に支障をきたすレベルなのです。「時間よ、起きなさい」と声をかけ揺さぶったくらいでは何時間かけても目覚めることはできないでしょう。

身体の小さな幼児期は、抱き起こしてそのまま飼っている犬と一緒に散歩に連れて行って、外の空気を吸ったりすると目が覚める子でした。でも、思春期以降は、どんどん身体が大きくなり、今では家族の中で一番の長身になっているので、屋外に運び出すことなんてできません。さらなる工夫が必要です。

火星人であることに気づく前は、なかなか起きてこないうえに、行動も遅いウッシーヤに対して、私も腹を立てて、険しい口調になったりすることも多かったのですが、いくら口やかましく叱ったところで寝起きが良くなることはありませんでした。

火星人であることが分かってからは、実験気分であれこれ試しています。中学生のころは、手の平や首筋をマッサージして、本人の自然な目覚めを促すようにして起こすことができました。でも一年も経たないうちに効き目がなくなってきたので、次は、ダウンしたボクサーにレフェリーがするように、テンカウントを数えてみました。するとウッシーヤは「やらないで〜」と嫌がりながら起き上がったのです。あまりの効果に、びっくりです。でも、そのままだと、またすぐ寝てしまうので、「今なら、トイレが空いてるぞ」と教えます。するとそのまま起きて、トイレに行くようになりました。

テンカウント&トイレ作戦はかなり効き目があったので、我ながらいい方法だと思っていました。ところが今度はトイレからなかなか出てこないので、トイレの前に行列ができるようになってしまいました。どうやらウッシーヤは、トイレやお風呂でゆったり過ごすことでリラックスして、心が穏やかになるタイプのようです。

残念なことに、時間が経つとこのテンカウント作戦も効き目が薄くなってきてしまいました。そこで今年の冬から、事前に暖房を入れておいて「ホットカーペットが暖まっているぞ」と声をかけると、起き上がれるようになりました。でも、これは冬季限定の作戦。南の島は冬が短いので数ヶ月の効き目しかないでしょう。次のアイディアをひねり出さないといけませんが、なんだかゲーム感覚で楽しくもあります。

私は、かつてペアレント・トレーニングでお世話になったサポートセンターが、ほぼ毎月1回開催する家族会に参加して、親同士の交流をもっています。そこで「うちの息子は寝起きがすごく悪い」と言うと、共感してくれるお母さん方がすごく多いので、発達凸凹タイプには、寝起きに問題を抱えている者が多いようです。

情報が高度化し続ける今の世の中は、すべてがハイスピードです。この傾向は、ますます加速するでしょうから、逆行しているウッシーヤのような、ゆっくり生きるタイプほど成功体験が必要なのです。ウッシーヤの将来にいろいろ思いをめぐらしていたある日、彼の方から「将来は、青年海外協力隊に入りたい」と言い出してきて、「その手があったか！」と気づかされました。いろいろな文化の混在する海外なら、ウッシーヤのペースに合う道が見つかるかもしれないという希望が生まれました。

火星人は常識という「重力」に縛られがちな私たち地球人を、解放してくれる存在だと思います。彼らの特性を受け入れてうまく付き合えれば、さながら無重力空間で生きる火星人からは、地球人が思いもつかないアイディアがもたらされるでしょうし、火星人たちも素晴らしい功績を残せるでしょう。これは、神さまからもらった最高のプレゼントです。そう考えると、地球人と火星人はうまく助け合うことで、もっとたくさんの贈り物を受け取ることができるのではないかと思っています。

絵でコミュニケーション

次男ウッシーヤは、小学生の頃の将来の夢が動物園の飼育係でした。地元新聞社が毎年夏休みに「こども新聞」の豆記者を公募したときも、私はウッシーヤの日頃の夢を知っていたので動物園の飼育係を取材しようと提案し、本人も喜んで応募しました。

そして、実際に動物園の飼育係の仕事を取材し、キリンに餌やり体験をしましたが「キリンに触っていいよ」と言われたのに、怖がって近づけませんでした。

後日、ウッシーヤは「動物園の飼育係になるのは、やめた」と言い出しました。感覚過敏のウッシーヤは、大型動物の息づかいと丈夫そうな歯を間近で見て、自分には無理と感じたようです。そもそもウッシーヤは、いまだに、ごく小さな爪や牙のある子犬や子猫でさえ怖がって触れないので、考えてみれば当然のことかもしれません。

この頃は、まだ私の家族が火星人であることに気がついていなかったので、ウッシーヤ独特の感覚過敏について、まったく理解することができませんでした。私にはぜんぜんそういう傾向がないので、大好きな動物なのに触れないウッシーヤを見て、理解に苦しんでいました。

さて、この話は、小学校高学年に成長したウッシーヤが、長男ウルフーから引き継いで、犬の散歩係になって間もない頃の話です。子犬すら触れないウッシーヤですが、リードを持って一緒に歩くだけの散歩なら、なんとかこなすことができたのでした。

この日はウッシーヤの日課である散歩の時間になったのに、ウルフーや次女リスミーが何度も繰り返し言っても、なかなかウッシーヤは動きませんでした。きょうだいたちは、いらだってだんだんピリピリしてきました。それを見ていた妻ワッシーナはひらめいて、簡単な絵を描いてウッシーヤに見せました。それは、ウッシーヤが犬を散歩させているイラストでした。それを見たウッシーヤは、二つ返事ですぐに動き出したのです。これにはみんな驚きました。

この日以来、わが家では時間の許すかぎり、なるべく絵や図を描いて、ウッシーヤとやりとりをするように心がけています。慣れるまでいちいち面倒ですが、コミュニケーションのミスが生まれて何度も失敗するよりは結局、近道だったりします。

「この子は、視覚で伝えると分かるんだ」

こう、ワッシーナはこのとき、はっきりと認識しました。私はあいにく仕事で、その現場は目撃していないのですが、何度も繰り返し彼女から聞かされています。よほどワッシーナは、この顚末《てんまつ》を気に入っているのだと思います。

発達が気になる子は、小さな気づきや思いがけないヒントを温めて、まとめておくと、後から役に立つことが多いと思います。

忘れっぽいことを自覚しているワッシーナは、日々の気づきやアイディアを実にこまめに記録しています。それは、たくさんのノートに記されて、本棚に並んでいますが、残念ながらメモしたことを忘れるうえに、整理整とんが苦手なので、せっかくのいい情報も読み返されることなく本棚のなかで地層のように眠っています。そのため私が、ときどきネタ探しの必要性から、本人の許可を得て内容を確認し、整理整とんをしています。足りないところは夫婦でうまい具合に補い合えればラッキーです。

この日の「絵でコミュニケーションすると、うまくいく」できごとがきっかけになって、家族みんなで発達障がいをテーマにした絵本を作り、それがやがて地元新聞での連載マンガとエッセイの『うちの火星人』につながり、これがそのうち全国誌の目に留まって特集が組まれ、ついに単行本ができるまでになりました。

ワッシーナの小さな気づきと小さな感激が、わが家のなかで波紋のように広がって、それがやがていろいろな分野の専門家が助けてくださるようになり、次第にライフワークのような取り組みに発展して行ったことを思うと不思議でしかたありません。

ウッシーヤのような人の場合

お片付けをしたら、机の引き出しに食べかけのスパゲッティをしまい込んでしまったウッシーヤくん（134ページ）。発達に偏《かたよ》りがある人には、彼のように片付けが苦手な人が多くいます。私が支援している人のなかにも、足の踏み場がないような部屋で暮らしている男性がいました。片付けを手伝ったところ驚いたことに、押し入れは空っぽ。「何を入れたらいいか分からない」と言うのです。対策としてまずお勧めするのが、物の〝住所〟を決めてあげること。Tシャツは洋服棚、靴は靴箱、食べ物は台所、といった具合です。大雑把でもいいので、カテゴリー別に定めた置き場所だけを守れば、多少散らかっていても、生活に支障はないでしょう。また、所有する物の数を決めてしまうのも有効。タオルは5枚まで、と決め、それ以上増やさないようにします。また、こういった特性のお子さんをお持ちの親御さんは、ただ漠然と「片付けなさい」と言うだけではできないと思ってください。反抗したり怠けているわけではなく、片付け方が分からない場合が多いのです。結果はウッシーヤくんのように、ありえない場所にありえない物を仕舞い込むことになりかねません。「おもちゃはおもちゃ箱に、鉛筆は引き出しに」と具体的に指示してあげましょう。

顔を洗うことが苦手というウッシーヤくん（１５０ページ）ですが、これは感覚過敏の可能性があります。お子さんが顔を洗えないとなると、親御さんとしてはとても困りますが、必ず受け入れられる状況があります。たとえば、湯船に浸かりながらなら洗えるとか、濡れタオルで拭くならＯＫとか。また、水はＮＧだけど、ぬるま湯なら大丈夫とか。さらに時間帯や本人の心身のコンディションに左右されることも。親御さんは、お子さんが安心して顔を洗える状況をいろいろ試してあげて下さい。ただし「必ず顔を洗わせなくては」と思うと親子ともにストレスになるので、目ヤニとヨダレがついていなければＯＫというぐらいの余裕も必要。気楽に無理なく、できるところから少しずつ、です。

解説／前田智子

（言語聴覚士・『さぽーとせんたーｉから』所長）

美しいものが大好きで心優しいおっとりタイプのウッシーヤ。ゆっくりでも着実に成長してくれてるのが嬉しい。親ゆずりの毒舌と、言動の不器用さから飛び出す名言、珍言、それにキテレツな行動で、いつも和ませてもらってます。

子どもたちの自立を目指して～「火星人解説書」とともに嫁いだ長女～

２０１３年11月。ついにわが家から火星人が一人、独立する日が来ました。地元、沖縄の浦添市にある教会で、長女が結婚式を挙げたのです。

ところが、この晴れの日も、わが家の火星人たちは失敗のオンパレード。結果、長女を含めた私たち家族全員が挙式に遅刻してしまったのです。着付けに手間取り、私たちが教会に到着したのは開始予定時刻を10分以上過ぎたころ。ワゴンタクシーで乗り付けると、心配そうな顔で、牧師さんが教会前の駐車場に迎えに出てきていました。

牧師さんは、新婦の父である私に駆け寄ると、慌てたようすで耳打ちします。

「本来なら、きちんと打ち合わせをするんですが、もう時間がありませんから。いいですか、お父様が新婦を伴い祭壇の新郎のところまで、ゆっくり歩いてください」

「はい、はい……」

牧師さんの言葉に頷きながら、私は式の準備期間中の騒動を思いだしていました。

思えば、問題は数週間前から次々と発生したのです。招いたはずの親族や友人たちから「式場はどこ？」「私は出席していいの？」といった問い合わせが相次いだのです。

聞けば皆、招待状が届いていないといいます。じつは、招待状の発送は長女に任せていました。ところが、切手代が不足していて、次々と舞い戻ってきてしまったのです。さらに、当日朝にも、長女の手配忘れが発覚しました。前の晩、式次第や式場の見積書に何度も目を通していた長女が起き抜けに「たいへんなことが」と家族に告げたのです。「挙式のカメラマンを手配し忘れていた」というではありませんか――。

賛美歌が鳴り響くなか、長女とバージンロードを歩きながら、私は会場を見回しました。そして、会場隅に陣取ったカメラマンを見つけ胸を撫《な》で下ろしました。じつは、参列してくれていた仕事仲間のカメラマンに急遽《きゅうきょ》、挙式撮影をお願いしたのです。

「平岡家の火星人たちのことだから、こんなこともあるんじゃないかと思ってたよ」

突然のお願いに、彼はこう言って笑ってくれました。仕事でもないのに、撮影機材一式を持参して来てくれていたのです。

前日、別の同僚からは「感動で号泣しないでくださいよ」なんて声をかけられました。しかし、いざ本番が始まってみると、感慨に耽《ふけ》る余裕などゼロ。常に「次は何がおきるんだ⁉」と身構えていたからです。そして予想どおり、トラブルはまだ終わりません。披露宴会場に移動するとスタッフからこんなアナウンスがありました。

「ご両家のご親族の方は、披露宴30分前に記念撮影を行いますから。スタジオにお集まりください」

ふと、不安がよぎります。

「お母さん、うちの親戚にも、記念撮影の件は伝わってるよね？」

極端に忘れっぽい妻は「なんのこと？」と、まるで他人事のようです。私はすぐに、親族に電話をかけまくりました。

こうして記念撮影も披露宴も、なんとか終了。ただ、新婦から私たちへの手紙朗読も、私のスピーチも、バタバタ続きの披露宴では残念ながら割愛されてしまいました。

一週間後。『女性自身』の取材を受けるため、私たち夫婦と、長女とその婿さんが、また顔を揃えました。場所は、あの教会です。お酒を飲まない私たち家族は、記者さんに促され、沖縄名物さんぴん茶で改めて祝杯を挙げました。そして、挙式当日には伝えられなかった新郎新婦へのはなむけの言葉を、私は贈ることができたのです。

「うちの娘は火星人だから、難しいこともあるとは思うけれど、諦めることなく、互いに分かり合う努力を続けていってほしい」

そして、一冊の小冊子を二人に手渡しました。それは長女の『火星人解説書』です。

「これは私が過去2年間かけて作った娘の取扱説明書です。火星人である娘が、この星の人と、地球人の婿さんと、幸せになれるようにと……」

本当に困っていたのは子どもたちだった

「息子さんの件で、一度学校に来ていただきたい」

それは4年前。当時、次男が通っていた中学校からこんな電話が入りました。

ちょっと変わった個性の持ち主が多いわが家では、学校から、この手の呼び出しが来ることは珍しいことではありませんでした。長女のときも、何度も学校に足を運びました。それは彼女が小学生のときのことです。

「お宅では、いったいどんな躾《しつけ》をしてるんですか⁉」

女性の先生が血相を変えて私に詰め寄ります。聞くと、テストで悪い点を取った長女に、先生は「あらあら、こんなすごい点とって」と、少し皮肉まじりの言葉をかけたのだそうです。すると、先生の顔をまじまじと見つめ返した長女は次の瞬間、ニッコリと笑って「ありがとう！」と応じたんだとか。「嫌味を言い返すなんて！」。激怒する先生。長女に理由を尋ねると「すごい点」という先生の言葉をストレートに「褒《ほ》められた」と受け取ったというのです。

かように、学校からの呼び出しには慣れていたはずが、4年前の次男のケースは少々深刻でした。次男は自分の物と他人の物を区別するのが苦手で、他人の物を持ち帰ってしまうことがありました。また、ドッジボールなどの団体競技や集団行動のなかでパニックを起こし、学校を飛び出してしまうこともたびたびでした。先生たちはそのつど、次男を捜しまわってくれたのでした。

「悪気がないのはよく存じてます。でも、うちではもう手に負えません。病院か福祉施設か分かりませんが、とにかく一度、専門家に見てもらったほうがいい。それが、息子さんのためじゃないですか」

私はひどいショックを受けました。なぜなら、この学校には上の子どもも皆、世話になってきたからです。長いこと、わが家の子どもたちと接してきた先生から、匙《さじ》を投げられてしまったように感じました。

言われるまま思いつくすべての施設に問い合わせましたが、どこも門前払いでした。

「こちらでは、そういったご相談には応じかねます」

そんな答えしか、返って来なかったのです——。

同じころ、長女にも異変が起きていました。アメリカ留学を経て、地元の大学に編入、卒業した彼女は、幼いころからの夢だった教職に就いたのです。しかし、私には一抹の不安がありました。長女は自己管理能力に欠けるところがあったのです。自動車免許の取得にのべ10年も要しました。すでに受講したクラスを何度も受けようとしたり、技能教習の日を忘れ受けそびれることも一度や二度ではありませんでした。そんな長女に、とくに管理能力が問われる教職は向いていないのでは、と思いました。

悪い予感は的中しました。日ごろ、極度におっとりしているくせに、一度スイッチが入ると、過度に集中してしまう長女。また、自分の限界を見極めるのも不得手です。授業の教材作りなど山のように仕事を引き受けては、昼夜を問わずに没頭し、長いときにはまる二日間、部屋に籠《こも》り飲まず食わずで作業していました。

長女は数ヶ月で10キロ以上も痩せてしまいました。睡眠障害がいも併発していたようです。私は心の病を心配しましたが、病院へ連れて行くことに躊躇《ちゅうちょ》もありました。まだ仕事に就いたばかり、慣れてくれば問題もおさまるかもしれない……そう思いたかったのです。でもこのとき、うつ病を経験した私の同僚に「すぐ心療内科に連れて行ったほうがいい」と背中を押されたのでした。診断の結果、長女はうつ病、しかも中期。そのまま休職することになりました。

次男の学校の問題、そして長女の休職……いったいこの先どうしたらいいのか、と困り果てていた私に、一筋の光をさしてくれたのは、教育委員会のあるベテラン指導員の方でした。次男を問診した彼はこう言ったのです。

「自分は医療の専門家ではないが、息子さんは発達障がいの可能性が高いと思う」

彼から手渡された資料に、半信半疑のまま目を通しました。しかし、読み進めるうちに、私はがく然とさせられたのです。

「な、なんだ、これは⁉　誰かがこっそり、うちを観察して書いたんじゃないか——」

そこに書かれていた内容に、次男はもちろん、長女も長男も次女も、子どもたち全員が、ほとんど当てはまったのです。

これは間違いない、と思った瞬間、私は自分でも意外に思えるほど、ホッと安らぐ心地になりました。これまでの得体が知れず、漠然としていた恐怖に、はっきり名前がついたのです。あとは、発達障がいのことを徹底的に調べて対処法を探ればいいと思えたのです。同時に、たくさんの過去のシーンが胸に去来しました。

「なんで、普通にできないんだ！　分かるまでそこで正座してろ！」

できて当たり前なことができない子どもたちに、私は声を荒らげ、ときには手も上げてきました。叱られた子どもたちは、フリーズしたりソワソワしたり。それを見て私は、さらに大きな声で怒鳴りつけて……。しかし、そんな私の行動は、子どもたちを苦しめ、傷つけていただけなのでした。

これまでずっと父親の私が子どもたちに困らされていると思っていました。でも本当に困っていたのは、苦しんでいたのは子どもたち自身だったんだ、と気付きました。その日から三日間、私は泣き続けました。そして、子どもたち全員に謝罪しました。

色鮮やかに輝き出した子どもたちの個性

子どもたちが発達障がいと呼ばれる脳機能の発達に偏りがある状態ということは理解できたものの、当時の私はまだ、薬を飲んだり、注射をうったりすれば、良くなるんじゃないか、とも考えていました。いや、そう思いたかったのです。だから最初は、病院をいくつもまわりました。しかし……県内に、思春期以降の、成人の発達障がいをみてくれる病院はほとんどありませんでした。二～三ヶ月も待って、やっと受診できたと思っても、「グレーゾーン」と呼ばれる軽度な発達障がいの、わが家の思春期を過ぎた子どもたちは、あまり相手にされませんでした。

まわりの空気が読めず比喩的表現が苦手で複数のことを同時にできない、計画性が乏しく、注意散漫になりやすい、などなど、一言で発達障がいといっても複数の種類といくつもの特性があります。また、これらの特性がもとで、社会生活をうまく営めず、心を病んでしまう＝二次障がいに陥るケースも少なくありません。わが家では、うつ病と診断された長女だけが、一時期、投薬治療を受けました。でも、

「薬に頼っても、根っこにある発達障がいそのものに目を向けなければ、同じことが繰り返されるんじゃないか」

そう考え、行動療法を学びました。夫婦でさまざまな専門書を読み、当事者の自助グループも探しました。勉強を始めて約1年後、辿《たど》り着いたのが、地元・那覇市の支援組織『さぽーとせんたーiから』だったのです。ここで私たち夫婦は、当事者の親を対象としたペアレント・トレーニングを受講しました。所長で、言語聴覚士の前田智子さんの言葉はとてもシンプルでした。

「子どもを辛抱強く客観的に観察してください。失敗を目の当たりにしても、決して評価を下さずに、ただ、子どもの心に寄り添い、気付きを促すことです。発達障がい

の人は、周囲の理解を得られず自己肯定感が持てなくなっている人が多いんです。だから自分の力がどうすれば発揮できるのか、どうすれば自分を肯定できるようになるかを、一緒に考えてあげることが大事です」

一つのことに熱中すると食事すら忘れてしまう過集中傾向が強い長女とは、分かりやすいスケジュール管理を一緒になって考えました。長女は強く反発しましたが、実際やってみると、「こんなにうまく物事が運ぶのは初めて」と感動したようすでした。

読字に難がある次男のためには、絵で見る参考書を作りました。さらに、

「おはよう」

「お、気持ちのいいあいさつできたな、オッケー」

できて当たり前と思われることも、できたときにはきちんと褒《ほ》めるよう努めました。些細なことを繰り返すうち、ずいぶん落ち着いてきたのです。

私が変わったことで、子どもたち4人が生き生きとしていくのが分かりました。それぞれ強い個性の持ち主ですが、その個性がいっそう色鮮やかに輝き出したのです。

妻の高らかな「火星人宣言」

さらに、もう一つの発見もありました。妻が自らも発達障がいだと自覚したのです。

ある晩。おもむろに妻は食卓を囲む家族を見回し、こんな演説をしたのです。

「私たちは普通の人とは、いろんなものの感じ方がぜんぜん違う。それはもう、日本人と外国人以上にかけ離れた感覚よね。だからね、私たちはきっと火星人なの。地球の人が持っていない、でも、とっても素晴らしい感覚を、生まれながらにプレゼントしてもらったの。だからね、あなたたちも、普通になれないからって卑屈になんかなっちゃだめ。堂々と胸はって、火星人として生きていけばいいのよ」

ポジティブ思考の妻らしい、高らかな火星人宣言でした。

そして、私も意を固めました。

「うちの家族のことを、世間にむけて発信しよう」

発達障がいについて勉強していくなか、情報が少ないこと、とくに当事者やその家族が発する情報が圧倒的に少ないことが気がかりだったのです。人知れず悩みを抱えている人はいっぱいいるはず。求めている人は必ずたくさんいる。そもそも、私の本業はコピーライター。書くのが仕事の自分こそが発信しなくては、そう思ったのです。

「まずは、仲間を探し、思いを分かち合いたい。そして、それぞれの個性を花のように咲かせてほしい。同時に家族が少しでも生きやすくなるように、一人でも多くの人に、発達障がいという特別な個性を持った人がいる、ということを知ってほしい」

ブログを大きく模様替えしました。扱うテーマの大部分を、家族の日常や発達障がいにしたのです。次いで、妻の発案で、わが家をモデルとした絵本も作りました。

2013年7月からは地元紙『沖縄タイムス』で、四コママンガとコラムの連載を始めました。タイトルは、ズバリ『うちの火星人』。毎回、『さぽーとせんたーiから』の前田さんのコメントも添えていただきました。テーマは、実際にあった家族の失敗談や、火星人が地球上で少しでも生きやすくなるためにと決めたルールなどです。

「失敗も、できるだけ明るく、楽しく描こう」

マンガは開始早々から思わぬ反響を呼びました。「とても参考になる」「ちょっとぐらい失敗してもいいんだ、と楽になりました」などなど、読者から熱のこもったメッセージが次々届いたのです。また「わが家ではこんなふうに工夫しています」といった、たくさんの情報も寄せられました。これまで、本当に少なかった生の声。それは、私たち家族にとって、とても得難い、貴重な財産となりました。

わが家の火星人たちは、自分たちがモデルのマンガを毎回、爆笑しながら読んでいます。マンガを介することで、苦手な自分を客観視することの訓練になっているのです。また、同じ発達障がいとはいえ、個性、特性はバラバラの子どもたち同士が、互いを理解し合う一助にもなっています。

火星人といっしょだと、退屈はしないよ

「お母さんは一度スイッチが入ると止まらない。餃子に凝ったときは、毎日100個も手作りして。それが、何日も続いたんだよ。冷蔵庫は餃子でいつもいっぱい。もう一生ぶんの餃子を食べた気がしたよ」

教会の控え室。新婚夫婦を前にして、私は数年前の食卓のようすを振り返っていました。私の言葉に、妻はちょっとムキになって「それも火星人の特性なの」と。「心のなかでは、誰か止めて〜って思ってても、止められないの」

婿さんは「餃子が何日も続いたんですか⁉」と目を丸くして聞いています。長女と彼は大学の同級生でした。彼女がうつ病で苦しんでいたときも支え続けてくれたのです。発達障がいについても、自分なりに勉強もしてきたといいます。

「たしかに、ちょっと変わったところはあるかもしれません。でも、それで別れるなんて考えたことない。それも含めて、彼女の個性だと思ってます。この先、困ったことが起きたら、お義父さんからいただいた解説書を読みます」

さんぴん茶の宴は、どうしたことか、私たち夫婦の馴れ初め話に及びました。

「お母さんは後輩の友だちだったんだ。紹介されて最初に会った時、開口一番、ぶつけてきた質問のインパクトがすごくてね」

「え？　何がすごかったの？」

極度に忘れっぽい特性の妻は、懸命に記憶の糸をたぐるがなかなか思い出せないようです。私はあの日の妻のようすを思い出し、こみ上げて来る笑いを抑えて続けます。

「『自分の内臓でどれが好き？』って。それでビックリしてしまって。『え？　胃とか腸のこと？』って聞き返した。そしたら『そうそう、胃袋なんかひっくり返したらすごいきれいで頬ずりしたくなるよ』って。もう、その質問のあまりのインパクトに引きずられて、結婚したようなものさ（笑）」

ここで、婿さんが口を開きました。

「あ、それ、ぼくもお義母さんに質問されました」

妻もやっと記憶が甦《よみがえ》ったようです。

「ああ、それは私が心を開いた人にしかしない質問。その質問にどう答えてくれるかで、相手を判断するのよ」

長女もその場面はよく憶えていたようです。

「あれって、最初の食事会よね。食後のケーキかなんか食べてるときに、お母さんが突然『内臓と話ができるとしたら、どこがいい？』って（笑）。これは彼のこと、相当気に入ってもらえたな、と思った。だけど、そんなの聞かれて、彼は引いちゃうんじゃないかって心配だった。そしたらこの人、しばらく考えて『内臓じゃないけど毛根です』って。あ、この人なら、やっていけそうだなって思った」

長女のその言葉に、控え室は笑い声に包まれました。

妻は私のことを「火星人と地球人のバイリンガル」と呼びます。そして、私たち二人はその資質を、婿さんにも見出しています。私は改めて婿さんにこう告げました。

「火星人と一緒だと、退屈しないことだけは、保証するよ」

長女ニャーイの挙式が執り行われた教会にて。左から次女リスミー(21)、次男ウッシーヤ(17)、妻ワッシーナ(50)、長男ウルフー(23)、私(54)、ニャーイ(30)、娘婿(29) と、平岡家が勢揃いしました。火星人家族らしいバタバタした結婚式でした。

おわりに

２０１３年夏、『沖縄タイムス』で『うちの火星人』の連載が始まって以降、多くの反響がありました。さまざまな講演会で、私はわが家の取り組みについて話をする機会を得ました。また、同年末には週刊誌『女性自身』でも私の家族の物語が7ページにわたって取り上げられ、雑誌発売直後にはインターネットの有名検索サイトで『うちの火星人』が検索急上昇ワードの第1位を記録。さらに私のブログ『地球人なりきりスーツ』の閲覧数が、さまざまな有名人ブログを抑えトップ20に入るなど、自分でも驚くほど、世間の注目を浴びるに至りました。

講演会にお集まりいただいた方々からの感想や、また、ブログへ寄せられたたくさんのメッセージのなかで、とくに目を引いたのは、発達障がいの特性のある当事者や、その親御さんたちからの、就労、そして自立への不安を訴える切実な声でした。

本書のなかで述べましたとおり、私の長女は当初、希望していた教職に就くことができました。彼女の持つ特性が、極端に職業に障るものではなかったことが幸いし、就職することができたわけです。しかし、結局はオーバーワークがたたり、うつ病を患い、休職を余儀なくされました。振り返ってみれば、それは発達の偏りを踏まえなかったゆえの、二次障がいだったのだろうと思います。一度は就労に失敗した長女も、いまでは外国人が多く勤める企業で楽しく働いています。他人の言葉の裏側を読み取る力が乏しい長女には、何事も比較的ストレートな外国人の多い職場は、リラックスして仕事に臨める環境なのだと思います。また、これも先述したとおり、彼女の特性をよく理解してくれている、理想的な伴侶にも巡り合うことができました。

そして、2014年春には長女に続いて、映画監督志望の長男は広告業界に、そして次女は某航空会社のキャビン・アテンダントに、無事、就職しました。

かように、わが家の子どもたちは、それぞれの特性を理解した上で、職業や職場環境を見極め、選択し、就労することが叶ったわけです。もちろん発達に偏りがある子どもたちですから、この先、何もトラブルがないとは言い切れませんが、これまで家族で取り組んで来たように、前向きに明るく、失敗を乗り越えてくれることを、私は願っていますし、そう信じています。巣立っていく長女と次女には、それぞれの「取扱説明書」を持たせてあります。この先、二人の生活の一助になることと思います。

就労、そして自立は、発達に偏りがある人や、その親御さんにとっては目標であると同時に、大きな壁かもしれません。しかし、同じ当事者の親として、私がいま思うのは、それぞれの特性を本人、そして周囲の人が理解することで、その壁は必ず打ち破ることができるのではないか、ということです。この本で紹介したわが家の取り組みが、皆さんの理解を深める参考になれば、幸いに思います。

最後になりますが、新聞連載を担当してくださった『沖縄タイムス』黒島美奈子さん、この本を世に出すきっかけを作ってくださった『女性自身』「シリーズ人間」のライター・仲本剛さん、カメラマン・高野博さん、この本をまとめることに腐心してくださった編集の渡辺博さんはじめ、出版に関わってくださったたくさんの方々にお礼を申しあげます。そして、この本をお読みくださったあなたに、心からの感謝とともに、当事者である妻の言葉を、改めて捧げたいと思います。

「普通なんか、おさらばしたらいい。堂々と胸はって、火星人として最高の生き方をしていけばいいのよ」

２０１４年４月吉日

平岡禎之

平岡禎之（ひらおか・さだゆき）
1960年、沖縄県生まれ。'83年、コピーライターとして広告代理店に勤務。'85年よりCMディレクターを兼務。これまで600本以上の広告制作に携わる。「JIMA（全国百貨店協会）最優秀コピーライター賞」など、広告関連の受賞多数。「第6回おきなわ文学賞」二席受賞（小説部門・随筆部門）など、文芸作品の執筆活動も。2013年夏から地元紙「沖縄タイムス」で『うちの火星人』連載開始。火星人の家族からは「火星人通訳者」と呼ばれている。家族の日常を綴るブログ『地球人なりきりスーツ』(http://ameblo.jp/mikunipapa/) も好評。

構成／仲本剛
装幀／浅沼了一（ビーワークス）

うちの火星人《かせいじん》
5人全員発達障がいの家族を守るための〝取扱説明書〟

2014年4月20日 初版1刷発行
2015年3月5日 3刷発行

著者 平岡禎之《ひらおかさだゆき》
発行者 駒井 稔
発行所 株式会社 光文社
〒112-8011 東京都文京区音羽1-16-6
電話 編集部 03(5395)8172 書籍販売部 03(5395)8116
業務部 03(5395)8125
メール gakugei@kobunsha.com
落丁本・乱丁本は業務部へご連絡くだされば、お取替えいたします。
組版 萩原印刷
印刷所 萩原印刷
製本所 ナショナル製本

ISBN 978-4-334-97778-8 Printed in Japan